KB136047

민족혁명
이론과 실천

이 종 률

김 정 애 지음

민족의 역사를
책임져야 한다

1. 아버지가 선생님

"종률아! 화로 좀 들고 오너라!"

"예, 아버지."

'건넌방까지 들고 갈 수 있을까? 그 정도는 괜찮겠지?'

아직도 온기가 남아있는 화로는 꽤 묵직했다. 종률은 화로를 잡은 두 손에 힘을 주었다. 화로에 남은 따끈한 기운이 서서히 종률의 손으로 옮겨왔다. 손이 점점 뜨거워졌다. 참아보려 했지만 더는 견딜 수 없었다. 손이 뜨겁다 못해 아팠다.

"아이고! 뜨거라. 아이고! 뜨거라."

종률은 화로를 그대로 놓아버리고 귀를 잡고 폴짝폴짝 뛰었다. 쿵! 떨어져 내린 화로에서 식어가던 재가 풀썩 일어났다가 가라앉았다.

"이놈! 왜 그렇게 호들갑을 떠느냐!"

아버지가 큰소리로 종률을 꾸짖었다. 종률은 좀 억울한 표정으로 아버지를 올려다보았다. 뜨거운 걸 뜨겁다고 하는 것도 호들갑인가 싶었다.

"수양대군이 어린 단종을 쫓아내고 임금이 되자, 단종을 다시 임금으로 모시려는 신하들이 있었다. 세조가 그

신하들을 가만둘 리 없었지. 그중 성삼문이라는 학자가 있었는데 기개가 대단했다. 불에 달군 인두로 살을 지지는 형벌을 받으면서도 오히려 '이 쇠 차다. 다시 구워오라.'하고 호통을 칠 정도였다. 그 정도는 못 해도 뜨거우면 가만히 내려놓으면 될 일. 호들갑을 떤다고 뜨거울 게 뜨겁지 않겠느냐?"

'식어가는 화로도 뜨거운데 불에 달군 인두를 다시 구워오라 하다니 정말 대단하구나.'

아버지는 평소에도 사육신을 예로 들어 이야기할 때가 많았다. 하지만 이날 아버지 말씀은 특히 종률의 마음속에 단단히 자리를 잡았다.

종률은 1902년, 포항 죽장면 동대산 아랫마을에서 태어났다. 종률에게는 두 살 많은 형 종만과 동생 종화가 있었다.

종률의 증조할아버지 이유필은 젊은 시절 과거에 급제하여 성균관에서 일하게 되었다. 하지만 관직에 나간 지 얼마 되지 않아 갑자기 그만두고 고향으로 돌아와 버렸다. 공정함도 없고 백성들 살림도 살피지 않는 정치에 몸서리가 났던 것이다.

증조할아버지는 자신의 호를 퇴경처사(물러나 농사를 지으며 사는 선비)라 짓고 농사를 지으며 살았다. 그리고 후손들에게도 관직에 나가지 말라고 당부했다.

"내가 죽고 제사를 지낼 때도 축문(제사 때 읽는 글)에 관직은 쓰지 마라. 그냥 퇴경처사라고만 하여라."

증조할아버지는 죽음을 앞두고 이렇게 말했다.

그 뜻은 할아버지 이수영을 거쳐 아버지 이규환에게 이어졌다. 종률의 집안은 입신양명과는 거리가 먼 생활을 하였다. 농사를 지으며 조용히 살아가는 것은 집안의 전통이 되었다. 그러다 보니 가정 살림이 넉넉하지 못했다. 손님 대접과 제사에는 정성을 다하지만 평소에는 아끼고 줄이며 생활해야 했다. '석여금 용여수'(惜如金 用如水, 아낄 일에는 금처럼 아끼고 써야 할 일에는 물처럼 쓴다)를 가훈이라 해도 좋을 만큼 검소한 생활을 당연하게 여겼다.

아버지는 관직에 나갈 생각은 아예 하지 않았기 때문에 과거시험을 치르지 않았다. 나라에서 치르는 과거는 물론이고 도에서 치르는 향시에도 나가지 않았다. 하지만 늘 성실히 공부하였다. 자식들 공부 역시 소홀히 하지 않았다. 여름에는 마을 아이들과 서당에 가서 글을 읽게 하고, 겨울에는 아버지가 직접 자식들을 가르쳤다.

종률은 『천자문』을 시작으로 『사기』, 『통감』, 『논어』, 『맹자』, 『중용』을 공부했고 『익재난고』 같은 책도 읽었다.

"자, 어제저녁에 읽은 글을 외워 보아라."

아침이면 아버지는 전날 읽은 글을 외우게 했다. 형 종만은 외워야 할 게 많아 여러 번 읽어야 했고, 외울 게 좀 적은 종률도 마찬가지였다. 그러나 동생 종화는 더 읽어 보지 않고도 잘 외웠다. 형과 종률에 비해 종화는 특별히 재주가 뛰어났다. 동네 사람들은 종화를 천재라고도 하고 신동이라고도 했다. 아버지는 종화의 재능을 아끼고 사랑하였다.

어느 날 저녁이었다.

"내가 앞 소절을 읊을 터이니 너희가 뒤 소절을 완성해 보아라."

아버지가 말했다.

이것은 간단한 말놀이, 간단한 글짓기 같은 것이다.

앞 소절을 '…하고'로 던지면 짝이 되는 말로 답하고, '…하니'로 말하면 설명하는 말로 답하는 것이다. 예를 들어 '산고(山高)하고' 하면 '수심(水深)이라.'로 대답하고 '산고(山高)하니' 하면 '월지(月遲)라.'로 대답하면 된다. '산이 높고 물이 깊다.'가 될지 '산이 높으니 달이 더디다.'가 될지 그것은 '하고', '하니'에 달린 것으로 모두 즐기는 놀이였다.

"가재산하(家在山下)하고…." 아버지가 앞 소절을 던지고 이어질 네 글자를 기다렸다.

"도통세간(道通世間)이라."

형이 먼저 대답했다. '집은 산 밑에 있고, 길은 세상 사이로 통한다.'는 뜻이었다.

"월부천중(月浮天中)이라."

종률도 대답했다. '집은 산 밑에 있고, 달은 하늘 가운데 떴다.'는 뜻이었다.

"가재산하(家在山下)하니….”

아버지가 다시 앞 소절을 던졌다.

"송풍자금(松風自琴)이라."

형이 대답했다. '집이 산 밑에 있으니 소나무 바람이 거문고 소리가 된다'는 뜻이었다.

"와문조성(臥聞鳥聲)이라."

종률도 대답했다.

"어른들이 계시는데 누워서 새 소리를 듣는다고? 앉아서 듣는다고 해야지."

형이 핀잔을 주었다.

"아니야. 새소리는 편하게 누워서 듣는 게 더 좋아."

종률이 지지 않고 말했다.

"형 말에 대꾸하면 안 되지. 자, 다시 해 보자. 형제독서(兄弟讀書) 하니….”

"규성재천(奎星在天)이라."

형이 말했다. 규성이란 스물여덟 별자리 중 열여섯째 별인 문천성을 말하는 것이다. 이 별이 밝으면 천하가 태평하다고 한다. '형제가 독서를 하니 하늘에 규성이 떴다.'는 내용이었다. 착하고 마음 좋은 사람다운 소리였다.

"산호배과(山虎拜過)라."

종률이 말했다. '산 호랑이가 절하고 간다.'는 뜻이었다.

"허허! 꽤 건방지구나."

아버지가 웃음을 터뜨렸다.

"형제(兄弟)가 무재(無才)라."

갑자기 어린 종화가 이불 속에 누운 채 불쑥 끼어들었다. '읽지 않고도 알 수 있는 것을 책을 읽어야만 아는 재능 없는 형제'라는 뜻이었다.

"이런 녀석 보게나. 형들을 놀리다니."

아버지가 껄껄 웃고 형과 종률도 따라 웃었다. 동생의 농담이 유쾌한 웃음이 되어 저녁 공기를 흔들었다.

종률이 어렸을 때는 나라가 위태로운 상황이었다. 일본이 조선의 외교권을 빼앗고, 숨통을 바짝바짝 조이다가 마침내 식민지로 만들어버렸다.

종률이 살던 경북지역은 한말 의병운동과 일제 초기 비밀결사운동의 중심지였다. 항일투쟁도 활발하게 일어났다. 종률의 집에도 밤이 되면 슬그머니 드나드는 손님들이 있었다. 손님들은 밤늦게 와서 제국주의 열강들의 세력 다툼, 일본을 몰아내기 위한 투사들의 활동 등을 낮은 목소리로 주고받았다. 그럴 때마다 아버지는 종률을 불러 자잘한 심부름을 시켰다. 종률은 멀찌감치 떨어져 앉은 채 어른들의 걱정 어린 대화를 들었다. 어렵고 뜻 모를 이야기들이었지만 울분을 토하거나 눈물을 짓는 어른들의 모습은 뭔가 답답하면서도 감동을 주었다.

아버지는 임금에 충성하고 나라를 사랑해야 한다고 믿는 사람이었다. 또, 나라가 어려울 때는 나라를 위해 무엇이든 하는 것이 백성의 도리라고 생각했다. 하지만 그동안 지켜왔던 집안의 전통을 무시할 수도 없었다. 아버지는 가풍을 지키면서도 나랏일에 참여하려는 마음에 자식들을 다르게 교육하였다.

맏아들 종만에게는 도덕에 대한 학문을 가르쳤고 효성과 우애를 강조했다. 할아버지들이 하신 것처럼 시골에 머물면서 자신을 닦고 집안을 지키길 바라서였다. 아버지는 종만의 호를 '경당'으로 지어주었다. 증조할아버지의 '퇴경처사'에서 '경'자를 딴 것이었다. 아버지의 호 역시 '퇴'자를 딴 '퇴하'였다. 증조할아버지 뜻을 따라 수신제가 하는 선비로 살겠다는 뜻이었다.

하지만 종률과 종화에게는 가정 밖의 사람이 되도록 가르쳤다.

"중국 하나라에 우임금이 있었다. 우임금은 해마다 범람하는 황하의 물길을 잡기 위해 13년이나 집에도 들어가지 않았다. '위천하자(爲天下者) 불고가사(不顧家事)'라는 말은 '천하를 위해 일하는 자는 집일을 돌아보지 않는다'

는 뜻이다. 나라를 위한 일을 하려면 그래야 하느니라."

"나라 위한 일을 할 때는 부제불효 해라. 형도 아버지도 위하지 마라. 내가 죽게 되더라도 임종을 지키려고 애쓰지 마라."

"나랏일을 할 때는 성삼문과 같은 결연함을 가질 것이며, 대가를 바라지 말고 헌신해야 한다."

아버지가 말하는 나랏일은 관직이 아니었다. 그야말로 나라를 위하는 일이었다. 그럴 때는 집안에 얽매이지 말고, 귀천을 가리지도 말라고 했다. 종륜은 아버지의 말씀을 가슴에 새기려 애썼다. 하지만 답답함도 느꼈다. 집에서 옛글만 읽어서야 일을 할 기회도 있을 것 같지 않았다.

아버지는 형제들에게 농사일도 거들게 했다. 공부하면서 일하는 것을 당연하게 여기도록 하는 것이 아버지의 교육이었다. 종륜 형제는 아버지 말씀을 잘 따랐다. 소를 몰고 가서 풀을 뜯기는 일은 특히 좋아했다. 종륜은 농사일을 하면서 남들이 일한 걸 받아먹기만 하는 것은 옳지 않다는 것을 배웠다. 다른 양반 집에서는 글 읽는 아이들에게 농사일을 시키지 않던 시절이었다.

어느 날 동대산 아랫마을에 전염병이 돌았다. 그렇지 않아도 몸이 허약했던 막내 종화가 병에 걸렸다. 종화는 병을 이기지 못하고 그만 죽고 말았다. 종화 또래의 마을 아이들도 많이 죽었다. 먹는 물 때문이라는 소문이 돌았다.

어린 자식을 잃은 아버지는 애통함을 견디기 힘들었다. 더군다나 기대가 컸던 아들이었다. 하지만 아버지는 슬픔에 빠져있을 겨를이 없었다. 전염병이 언제 그칠지 알 수 없는 일이었다.

"너희들까지 병에 걸릴까 불안하구나. 물 좋은 곳으로 이사를 해야겠다."

아버지는 여러 대에 걸쳐 살아온 마을을 떠나기로 결심했다. 종률 가족은 짐을 꾸려 경북 의성군 점곡면으로 이사 갔다. 태어나서 쭉 살던 곳을 떠나는 것은 어려운 일이었다. 하지만 종률은 새로운 곳으로 가는 것이 은근히 설렜다.

종률 가족이 새 삶터로 정한 의성군은 가운데가 옴폭 들어간 누에고치 모양이었다. 의성군은 의성읍을 가운데 두고 서부와 동부로 나뉘었다. 서부는 평야가 펼쳐져 있고, 교회를 중심으로 새로운 분위기가 형성되었다. 동부 지역은 삼림이 발달했고 유교적인 분위기가 많이 남아 있었다. 종률 가족이 정착한 곳은 의성군의 동부지역인 점곡면이었다.

2. 새로운 스승들

이사하고 얼마 되지 않아 의성군 곳곳에서 3·1만세운동이 벌어졌다. 점곡면 사람들도 나흘 동안 만세를 불렀다. 3월 18일 의성읍에서는 격렬한 만세운동이 벌어졌다.

"의성읍에서 주재소가 파괴되었어요. 죽고 다친 사람도 많다고 합니다."

"안동, 성주, 영덕에서도 격렬한 운동이 벌어졌다고 하더군요."

주변 지역 소식들이 소곤소곤 전해졌다.

3·1만세운동이 벌어진 다음 해, 종률은 박명진이라는 소년을 알게 되었다. 그는 점곡면 청년운동 지도자 박명옥의 동생으로 종률보다 몇 살 어렸다. 15, 6세쯤 되는 명진은 경성(서울) 중앙고보를 다니다가 학비가 없어 중퇴를 하고 집에 와있었다. 열여덟 살이나 됐는데도 여전히 아버지의 보호와 교육 아래에서 벗어나지 못하고 있던 종률은 명진과 급속하게 친해졌다. 명진은 종률과 그 마을 또래 소년들은 모르는 것을 많이 알고 있었다.

"중국 상해라는 곳에 대한민국 임시정부가 있어. 초대 대통령이 머리 깎고 신식 공부한 이승만 박사야."

"대한민국 임시정부?"

"한문 유학자가 아니라 신식 공부한 박사라고?"

"그래. 공자 왈 맹자 왈 하고 있어서야 언제 민족독립을 쟁취하겠어?"

명진은 안중근 의사의 활약도 자세히 들려주고, 3·1 독립선언문 인쇄를 무사히 할 수 있게 한 손병희, 여성 독립운동가 김마리아 이야기도 해주었다. 종률은 어린 명진을 지도자로 여겼다. 모르는 것을 가르쳐주고 일깨워주니 훌륭한 스승인 셈이었다.

명진은 점곡면의 십 대 소년들에게 제안했다.

"우리, 체육회를 만들자."

"체육회?"

"그래. 함께 운동하면서 힘을 기르자. 독립군이 될 때를 대비해서 체력도 단련하고 의지도 키우는 거야. 훈련을 하는 거지."

명진은 비밀스럽게 속닥였다. 소년들의 가슴은 금방 달아올랐다.

"좋아! 당장 이름도 짓고 회장도 뽑자."

"부장도 뽑고 차장도 뽑자."

덩치가 어른만 하고 장가라도 갈만한 나이의 소년들이 신이 나서 떠들어댔다. 또래들과 어울려 뭘 하는 것만큼 신나는 일이 어디 있을까. 소년들은 호랑이도 놀란다는 뜻으로 '호경 체육회'라고 이름을 짓고, 회장을 비롯해 여러 부장과 차장까지 뽑았다. 명진이 회장과 재정부장을 맡았다. 종률은 재정부 차장을 맡았다. 체육회 운영에 필요한 돈과 물품을 구해오는 것이 재정부가 할 일이었다.

호경 체육회는 이름에 맞게 체육활동을 열심히 했다.

"무쇠 골격 억센 팔뚝 한 번 칠 때에

맹호도 놀래려니 저들쯤이야!"

목청껏 회가를 부르며 훈련도 하였다. 종률은 체육회 일에 열성이었다. 뭔가를 함께 한다는 것은 가슴을 벅차게도 하고 후련하게도 하였다.

"어느 잡지에서 보니까 서울 동아 부인상회에서 운동 도구들을 판다고 해. 거기서 야구에 필요한 것도 살 수 있어."

"우와! 그거 좋다. 사자."

운동 도구에 마음이 설렌 회원들이 돈을 모으기 시작했다. 그러나 턱없이 모자랐다. 종률은 재정부 차장 역할을 제대로 하고 싶었다.

"내가 마련해볼게."

종률은 당장 집으로 달려가서 쌀독의 쌀을 몰래 퍼냈다.

"도련님! 뭐 하세요?"

"앗! 형수님."

형수는 종률을 보고 놀라고 종률은 형수를 보고 놀랐다.

형 종만은 열두 살에 장가를 들었는데 형수는 형보다 다섯 살이 많았다. 그 무렵 형수는 부엌살림을 맡고 있었다.

종률은 형수를 잘 따르고 좋아했다. 형수도 종률을 귀여워하며 잘 챙겨주었다. 그러나 몰래 쌀을 퍼내는 것을 그냥 넘어갈 수 없는 일이었다. 종률은 형수에게 솔직하게 다 털어놓았다.

형수는 나무라는 대신 쌀을 자루에 담아주었다.

"이 정도면 되겠지요? 표가 나면 어른들이 혼내실 테니 이만큼만 가지고 가세요."

"형수님. 고마워요."

종률은 쌀을 팔아 필요한 돈을 만들었다. 종률은 자주 돈이 필요했다. 그러나 형수도 번번이 쌀을 퍼내 줄 수는 없었다. 형수는 고민 끝에 시집올 때 가지고 온 명주 필을 내주었다. 식구들 양식 대신 자기 옷감을 내준 것이다. 형수 덕분에 종률은 재정부 차장 역할을 톡톡히 해냈다.

종률은 호경 체육회 활동을 하면 할수록 신식공부를 해야겠다는 생각이 강렬해졌다. 종률은 혼날 각오를 단단히 하고 아버지에게 자기 생각을 말했다.

"아버지. 학교에 보내주십시오. 신식공부를 해봐야겠습니다."

"으음. 아무래도 신식공부를 하기는 해야겠구나."

아버지는 의외로 순순히 허락해주었다. 3·1운동을 겪고 임시정부 수립을 알고 하면서 아버지의 생각도 좀 발전한 것이었다.

종률은 열아홉 살이 되어서 점곡보통학교 2학년에 들어갔다. 신학문을 접하게 된다는 기대감에 종률은 한껏 들떴다. 길게 땋았던 머리카락을 싹둑 자르고 학교로 가는 종률의 발걸음은 더없이 가벼웠다.

학교에서는 수신, 일본어, 조선어, 산술, 체조, 재봉을 공부했다. 공부는 어려울 게 없었지만 마음에 안 드는 게 많았다.

"일본어 교과서에 국어독본(國語讀本)이라니…. 입이 비뚤어져도 말은 바로 해야지. 일어를 국어라 할 수는 없지."

종률은 국(國)자 안의 或을 지우고 一을 써넣어 국(國)을 일(日)로 바꾸었다.

"일어독본! 이래야 맞지."

일본인 선생이 그걸 보았다.

"이 고약한 놈. 지금 당장 바로 고쳐!"

선생은 종률을 불러내어 야단을 쳤다. 종률은 할 수 없이 글자를 '국'으로 고쳤다. 그러나 집에 가자마자 또다시 '일'로 고쳤다. 종률이 계속 그렇게 하자 결국에는 선생도 못 본 척했다.

또 종률은 일본국가 기미가요를 엉터리로 불렀다. 교장

가좌하라 시즈오가 그런 종률을 보았다.

"기미가요를 모욕하다니 용서할 수 없다."

교장은 종률에게 엄한 벌을 주었다. 교장은 그 뒤로도 종률을 볼 때마다 불러서 벌을 주었다. 교장은 종률이 일부러 그랬다고 생각했다. 하지만 그것은 오해였다. 종률은 지독한 음치였다.

종률은 교장 선생님이 볼 때마다 혼을 내니 기분이 나빴다. 거기에다 장티푸스에 걸리는 바람에 오랫동안 학교를 빠져야 했다. 몸에 밴 공부 습관으로 성적은 좋았으나 기대했던 학교생활은 점점 재미가 없어졌다.

그즈음 의성에는 여러 사회운동의 기운이 꿈틀거렸다. 소년운동, 청년운동 조직들이 생겨났고 형평사도 일찌감치 생겼다. 형평사는 계급사회를 부수려는 뜻을 가진 백정들이 만든 단체였다. 형평은 한쪽으로 치우치지 않고 균형이 맞는다는 말이다. 극심한 신분 차별을 당하던 백정들에게 형평은 더없이 절실한 말이었다. 종률은 형평운동에 깊이 공감했다.

"어떻게 하면 사람들이 형평운동에 관심을 가질까? 방법이 없을까?"

을축청년회 지도자인 박명옥이 고민스레 말했다.

"난 뭘 해야 할지 알겠습니다."

반짝 생각이 떠오른 종률이 싱긋 웃으며 말했다.

"좋은 수가 있나?"

"우리가 백정 마을 사람들에게 절을 한다면 온 의성이 떠들썩해질 겁니다. 백정과 그 식구들을 대하는 태도도 확 달라질 것입니다."

종률의 목소리는 자신감이 넘쳤다.

며칠 뒤에 박명옥과 종률은 그 생각을 실행에 옮겼다.

종률은 양반 집안의 자손이고 점곡보통학교에 다니는 학생으로 그 지역 지도자가 될 만 했다. 박명옥은 이미 지역 청년계에서 알려진 사람이었다. 그런 두 사람이 백정들에게 절을 했다는 소문이 돌자 종률의 예상대로 온 의성이 떠들썩해졌다. 의성 사람들은 큰 충격을 받았다. 모였다 하면 두 사람 일을 이야기했다. 특히 점곡보통학교 후배들에게는 전설 같은 이야기였다.

종률은 점곡보통학교를 그만두고 안동에 있는 학교로 옮겨갔다. 사립 동명학교로 안동지역 항일 지사들이 세우고 운영하는 학교였다. 동명학교 선생들은 대단한 경력을 가지고 있었다.

이형국 선생은 일찍이 서간도로 가서 독립전쟁 기지 건설에 참여하고, 신흥무관학교를 졸업하였다. 비밀결사 활동을 하다가 일제 경찰에 체포되어 감옥에 가기도 했다. 신학문에도 능했고, 한학 실력도 단연 뛰어났다. 아버지에게서 배우던 한학에 비하면 수준이 월등했고, 해석도 특출했다. 사회주의 사상과 혁명에 대해서도 나름대로 이해하고 있었다. 그는 사회주의 사상과 공자가 말한 '대동(大同)'이 크게 다르지 않다고 생각했다. 종률에게는 이형국의 삶 자체가 교과서였다.

유동붕 선생은 수학을 가르쳤는데 안동 3·1운동 지도자였다. 안동의 3·1운동은 아주 격렬했다. 유동붕은 2차 3차 시위를 주도했다가 징역 3년을 살았다. 독립선언문을 낭독했던 33인의 최고형량이 3년이었으니 그의 활약이 얼마나 대단했는지 알만했다. 3·1운동 전에는 광복단 활동을 했고, 형제인 유동봉, 유동학도 모두 광복단 단원이었다.

이지호 선생은 종률보다 겨우 한 살 많았다. 이지호는 어린 선생이었고 종률은 나이 많은 학생이었다. 종률은 나이 어린 명진을 스승으로 생각했던 것처럼 한 살 위인 이지호도 스승으로 모셨다. 이지호도 3·1운동에 참여하여 1년 동안 옥고를 치렀다. 또 도산서원 철폐 운동에 앞장서기도 했다. 도산서원에서 소작료를 제때 가지고 오지 않는다고 소작인들의 볼기를 때렸기 때문이었다. 그는 일은 하지 않고 특권만 누리는 세력들이 행패를 부리는 것은 옳지 않다고 생각했다. 이지호는 시인 이육사의 삼촌으로 조선어와 작문, 시작법을 가르쳤다. 종률은 이지호에게서 시조 짓는 법과 시 감상법을 배웠다.

이종영 선생은 학교 운영자로 직접 수업을 하지는 않았다. 하지만 종률은 자주 선생의 집을 방문하여 이야기를 들었다. 어느 날 종률은 이종영 선생 집에 갔다가 『조선말본』이란 책을 보고 깜짝 놀랐다. 그 책은 한글학자 김두봉이 쓴 것이었다. 우리말을 체계적으로 공부할 수 없던 때, 그 책을 만난 것은 더할 수 없이 귀중한 체험이었다. 종률은 감격했다. 자갈밭에서 금덩이를 주운 것보다 더 기쁜 심정이었다.

종률은 동명학교에서 진정한 배움을 알게 되었다. 한학, 수학, 조선어 같은 공부도 열심히 했지만 스승들의 삶이 주는 가르침은 온몸으로 받아들였다. 동명학교에서 종률은 민족 독립투쟁의 학문을 배우고 낭만을 익혔다. 종률은 그곳에서 만난 선생들을 평생의 스승으로 여겼다.

종률은 동명학교를 1년 남짓 다니고 공부를 더 하려고 서울로 갔다. 벌써 나이는 스물두 살이 되었다. 학자금과 생활비가 필요했지만 집에서 마련해주기는 어려웠다. 종률은 갈돕회의 도움을 받았다. 갈돕회는 어렵게 공부하는 학생들을 위한 단체였는데, 무료로 잠을 자게 해주고 밥값이 싼 식당도 운영하였다. 그곳에서 지내는 가난한 학생들은 학교를 마치면 만두나 잡지, 은단이나 영신환 같은 것을 팔아서 학비를 마련하였다. 종률에게도 갈돕회는 큰 도움이 되었다.

종률은 보결시험을 치르고 배재고보 2학년에 들어갔다. 학교를 선택하는 데는 명진의 이야기가 큰 영향을 미쳤다. 배재고보는 임시정부 초대 대통령 이승만이 다녔다는 학교였다. 그때까지만 해도 종률은 이승만을 민족의 위대한 별로 생각하고 있었다.

1924년, 종률은 입학하자마자 학교 공부와 함께 사회운동을 시작하였다. 의성과 안동에서 쌓은 경험은 사회운동의 탄탄한 바탕이 되었다.

그해 12월, 종률은 경성청년회에 가입하여 집행위원이 되었다. 제국주의에 맞서는 민족운동과 계급타파를 위한 사회운동을 하는 단체였다.

다음 해 1월에는 정론사의 사원이 되었다. 『정론』이라는 한글 잡지를 만드는 곳이었다. 『정론』에는 여러 가지 기사가 실렸다. 친일 악덕 기업주의 부정행위가 실리기도 했다. 일제 경찰은 그런 글을 삭제하라고 협박했지만, 정론사는 듣지 않았다. 정론사는 문제가 있는 친일부호들을 압박하여 운동자금을 마련하기도 하였다. 그러자 일제 경찰은 인신공격과 협박으로 돈을 뜯어냈다며 잡지를 정간시켰다. 그리고 종률을 체포하였다. 미리 몸을 피한 설립자 대신 종률이 잡힌 것이었다. 그렇게 정론사 운동은 끝이 났다.

1925년 3월, 종률은 공학회 결성에 참여하였다. 공학회는 처음 만들어진 사회과학연구 학생단체로 '공동의 힘으로 사회과학을 공부하고, 공동의 단결로 일제의 식민지교육에 반대한다.'는 기치를 내걸었다. 항일 학생운동단체인 공학회가 만들어지자 유심히 지켜보던 종로경찰서에서 종률과 권혁을 불렀다.

"경고한다. 총회를 열지 마라."

들어야 할 이유가 없는 부당한 협박이었다. 종률과 회원들은 경고를 무시하고 총회를 열기로 했다.

총회 날이었다. 회원들이 모여 총회가 시작되기를 기다리고 있었다. 그때 종로경찰서 고등계 형사 쿠로누마가 앞으로 나왔다.

"공학회는 오늘부로 해산한다. 모두 당장 돌아가라."

쿠로누마가 위협적인 목소리로 명령했다.

"우리 공학회가 왜 해산되어야 하는가? 우리는 해산할 수 없다!"

공학회 대표 김익환이 일어서서 분노에 찬 목소리로 말했다.

"옳소! 옳소!"

김익환에 이어 다른 회원들도 일어나서 소리치기 시작했다.

"공학회는 학생들의 정당한 모임이다! 우리의 활동은

정당하다! 해산명령은 옳지 않다!"

종률도 참을 수 없어 큰소리로 외쳤다.

"체포해!"

쿠로누마의 명령이 떨어지자 부하 경관들이 우르르 몰려들었다. 학생들은 격렬하게 저항했지만 결국 다섯 명이 경찰서로 끌려갔다. 종률도 그중 한 명이었다.

"공학회 해산에 대해 불평하지 말고, 돌아가서 공부만 하겠다고 서약서를 써라. 그러면 바로 집으로 보내주겠다."

"총회를 무산시킨 당신들이 사과하라."

학생들은 경찰의 회유를 거부했다. 결국 다섯 명 모두 유치장에 감금되었다.

'우리 모임을 이렇게까지 막으려는 이유가 뭘까? 그것은 일제가 학생들의 연구와 민족의 단결을 두려워하기 때문이야. 우리의 활동이 그들에게 위협이 되는 게 틀림없어.'

종률은 자신들의 활동에 확신을 가졌다. 종로경찰서 유치장에서 15일을 지내고 나온 종률은 오히려 뿌듯했다.

오랜만에 돌아온 숙소에서는 편지 한 장이 기다리고 있었다. 종률은 의아해하면서 편지를 꺼내 읽기 시작했다.

"아니! 이럴 수가… 이럴 수가…."

아버지가 돌아가셨다는 소식이었다. 종률은 도무지 믿

기지 않았다. 아버지가 돌아가셨다는 것도, 그 소식이 며칠이나 걸리는 편지로 왔다는 것도 받아들일 수가 없었다. 종률은 급히 고향으로 돌아갔다. 장례식도 다 끝났고 아버지는 땅에 묻힌 뒤였다. 종률은 뒤늦게 아버지 산소 앞에 무릎을 꿇었다. 황망하여 눈물도 흐르지 않았다.

"아버지께서 '내가 죽어도 종률이에게 전보 치지 말고 그냥 편지로 알려라.'하고 누누이 말씀하시더라. 네가 하던 일을 접고 부랴부랴 돌아올까 봐 그러셨겠지. 그래서 아버지 시키시는 대로 했다."

형이 아버지 말씀을 전해주었다. 임종도 못 보고 장례식조차 참여하지 못한 종률은 죄송하고 슬픈 마음을 금할 수 없었다. 하지만 아버지가 해주시던 말씀을 하나하나 떠올리며 슬픔을 가라앉혔다.

종률은 서울로 돌아왔다. 아버지가 돌아가셨지만 자신은 또 자신의 삶을 살아야 했다. 공학회는 계속되는 감시로 도무지 활동을 할 수가 없었다. 공학회는 얼마 못 가 해산되었다. 그렇지만 학생들은 엎드리고 있지 않았다. 조선학생과학연구회를 만들어 또다시 활동을 벌여나갔다.

종률은 열성적으로 활동하면서도 문득문득 고민에 빠졌다.

'갈돕회 덕에 생활은 하고 있지만 학자금이 문제다. 더는 버틸 수가 없어. 학자금을 마련할 방법이 없을까?'

공부를 하려면 학자금이 필요했다. 그것은 종률만의 문제가 아니었다. 갈돕회 회원 대부분이 학자금 때문에 힘들어했다.

'이완용한테 돈을 좀 내놓으라고 할까?'

종률의 머릿속에 그런 생각이 퍼뜩 떠올랐다. 종률은 당장 편지를 써 부쳤다.

갈돕회 회원들은 빼앗긴 조국에서 이토록 어렵게 공부하고 있다. 조국을 배반한 것을 조금이라도 부끄럽게 생각한다면 갈돕회 회원들의 학자금을 지원하라.

조금은 엉뚱하고 무모한 일이었다. 이완용은 일제에게 후작의 작위를 받은 대표적인 친일파였기 때문이다. 그 편지는 당장 경찰에 신고되었다. 종로경찰서는 종률을 더 주의 깊게 지켜보기 시작했다.

종률은 학자금을 해결하지 못해 결국 배재고보를 중퇴했다. 곧 경신학교에 들어갔지만 그곳도 금방 그만둘 수밖에 없었다.

1926년 4월 순종이 사망한 직후였다. 송학선이라는 사람이 창덕궁의 금호문 앞에서 조선 총독 사이토를 암살하려다가 그 자리에서 붙잡혔다. 송학선은 다른 사람들과 관련 없이 혼자 그 일을 하였다. 그런데도 일제 검찰은 사람들을 닥치는 대로 구속하였다. 이미 경찰의 주목을 받던 이종률도 경기도 경찰부 유치장에 잡혀 들어갔다.

유치장에는 많은 사람이 잡혀 와 있었다. 그중에는 만해 한용운 선생도 있었다.

"선생님. 이런 곳에서 뵙다니…. 감격스럽습니다."

한용운 선생은 일본에 항거하는 민족정치 운동단체를 준비하다가 발각되어 고문받고 취조당했다. 종률은 유치장에 있는 것이 전혀 힘들지 않았다. 한용운 선생의 밥 심부름이라도 해드릴 수 있어 오히려 기뻤다.

"젊은이. 이곳은 혹독한 고문을 하는 곳이네. 애국자가 되려면 사형을 당하는 의기보다는 고문을 견디는 각오를 다져야만 한다네."

짧은 만남에서 한용운 선생이 종률에게 해준 말이었다. 종률은 한용운 선생을 만난 것을 큰 영광으로 생각하고, 그 가르침을 가슴 깊이 새겼다.

3. 일본에서 벌인 활동

6월 10일은 순종의 인산일이었다. 그날 또다시 만세운동이 벌어졌다. 하지만 제2의 3·1운동으로 만들려던 움직임은 미리 경찰에 발각돼버려 많은 사람이 참여하지 못했다. 만세운동에 끝까지 참여한 사람들은 주로 학생들이었다.

"일본 제국주의 물러가라!"

"일본 제국주의 교육 반대!"

"조선독립 만세!"

학생들은 모두 손을 들어 만세를 외쳤다. 줄지어 서 있던 학생들이 목청껏 부르는 만세 소리는 쉽게 가라앉지 않았다. 순종의 상여는 종로3가를 돌아 동대문 밖으로 가려던 계획을 바꾸어 을지로6가를 돌고 동대문을 돌아서 갔다. 만세 행렬을 피해가기 위해서였다.

종률도 조선학생과학연구회 회원들과 함께 6·10만세운동에 참여하였다. 반복되는 항일 활동으로 종률은 쫓기는 몸이 되고 말았다.

그러던 어느 날, 경성청년회와 공학회에서 함께 활동한 김정수가 말했다.

"일본으로 가게. 내가 도와주겠네."

"대학에 들어가 공부를 하게. 일본에서 자네가 할 일이 많을 것이야."

의성 출신 의열단 단원인 박시목도 적극적으로 도와주었다.

종률은 적극적인 후원자들 덕분에 일본으로 건너가게 되었다. 종률은 와세다 대학에 지원했다. 다른 대학에 비해 자유롭고 서민적인 학풍 때문이었다.

면접 때였다.

"입학한 후에 민족운동을 할 것인가?"

면접관이 물었다. 종률은 대답하지 않고 천장만 올려다보았다.

"왜 대답이 없지?"

"조선인이 민족운동을 하는 것은 당연한 일입니다. 당연한 것을 물으니 대답할 필요를 모르겠습니다."

면접관은 그 문제에 대해서는 더 말하지 않았다. 종률은 자신을 당돌하게 여겨 불합격시킬지도 모른다고 생각했다.

"민족운동에 대한 답변은 합격 불합격에는 관계없네."

면접이 끝날 즈음 면접관이 말했다. 그리고 종률은 합격하였다.

종률은 대학을 다니면서 두 가지 활동에 적극적이었다. 유학생학우회 활동과 청년운동에 힘을 쏟았다. 유학생 학우회는 방학이 되면 국내로 들어와 각 지방을 다니며 민족의식을 높이기 위한 순회강연을 열었다. 또 일본에 있는 청년단체들은 민족 단일전선을 만들기 위해 애쓰고 있었다.

종률은 방학 때마다 바쁘게 움직였다. 방학이 되면 국내로 들어와 학우회에서 주최하는 강연에도 참여했고, 청년조직을 만드는 데도 적극적이었다. 26년 겨울방학에는 강원도 명덕마을로 가서 명덕청년회를 만들었다. 명덕청년회는 야학을 개설하고, 신문구독, 토론, 강연, 운동 같은 활동을 펼쳤다. 명덕청년회의 활동은 면민들의 높은 호응을 얻었다.

그러는 사이 국내에서는 이전과 다른 움직임이 활발하게 일어났다. 6·10만세운동 이후, 일제에 맞서 항거하는 여러 단체가 힘을 합치려고 애쓰고 있었다. 그동안 제각각 생각하고 따로 활동하던 것을 바꿔보자는 움직임이 점점 활발해졌다. 1927년 2월 15일, 마침내 신간회가 만들어졌다.

신간회는 민족주의 운동과 사회주의 운동을 하던 단체들이 모두 힘을 합쳐 만든 조직이었다. 자연히 민족혁명 투사들과 과학적 이론가들도 많이 참여하였다. 종률이 만나본 한용운은 물론 황상규, 홍명희, 최익한, 조병옥, 이관용 같은 이들이었다.

신간회는 확고한 강령이 있었다.

첫째, 우리는 정치적·경제적 각성을 촉구한다.

이것은 조선 민족의 생존을 짓누르는 일본 제국주의를 몰아내고 독립을 쟁취해야 함을 밝히는 것이었다.

둘째, 우리는 단결을 공고히 한다.

이것은 혁명적이고 민족적이고 대중적으로 단단히 하나가 되어 투쟁할 것임을 선언하는 것이었다.

셋째, 우리는 기회주의를 일절 거부한다.

이것은 조국 통치를 다른 나라에 위임하거나 일제의 감시 아래에서 민족자치를 하자는 기회주의는 철저히 거부한다는 뜻이었다.

국내에서 하나의 운동조직 신간회가 만들어지자 일본에서 활동하던 사람들도 적극적으로 화답하였다. 여러 조직이 힘을 합쳐 연대조직을 만들기로 한 것이다. 때로는 함께 행사를 열기도 했던 단체들이 하나의 연대조직을 만들어 싸운다면 그 힘은 더 커질 것이 분명했다. 종률은 그것이 옳은 방향이라고 확신하고 열성을 다했다.

드디어 17개 단체가 모여 '조선인단체협의회'를 결성하였다. 조선인단체협의회는 본격적인 활동을 위해 여러 직책과 역할을 정했다. 부인부장을 정할 때였다.

"우리 조선인단체협의회에는 계층도 다양하고 사상도

다양한 여성들이 있습니다. 그만큼 부인부장의 역할이 중요하지요. 누가 맡으면 좋겠습니까?"

"여성 문제에 대한 인식이 높은 사람이 맡아야 합니다. 물론 연애 문제도 안 만들 사람이어야지요."

그 일은 종률에게 맡겨졌다. 종률은 마다하지 않았다. 자신이 보탬이 된다면 어떤 역할도 상관없었다. 종률은 늘 '겉으로 드러난 대들보나 땅속에 묻힌 초석이나 집을 떠받치는 것은 마찬가지'라고 생각했다. 또 '어려운 일에는 앞에 서고 상 받는 일에는 뒤에 선다.'고 생각하며 주어진 일은 기꺼이 했다.

"여성은 일반적으로 2중 3중의 어려움을 받습니다. 가난한 가정에서도 가장 힘든 일은 어머니한테 돌아갑니다. 사회적으로도 가장 불리한 환경에 처한 사람은 여직공입니다. 거기다 식민지민으로 겪는 고통은 오죽합니까? 여성은 자기의 역사를 빼앗겨버렸습니다. 어찌 분노스럽지 않겠습니까? 제국주의에서 해방되고 계급이 타파되고 가정이 민주화, 문화화될 때에야 여성해방은 가능합니다."

매주 한 차례씩 있는 강좌에서 종률은 힘주어 강의를 했다.

"종률이 조직 사업을 아주 잘 해내는군. 연애 문제도 일으키지 않고 말이야."

친구 조헌영은 웃으며 말했다. 다른 사람들도 함께 웃

었다.

조선인단체협의회를 바탕으로 동경에도 신간회 지회가 만들어졌다. 종률은 신간회 동경지회에서도 간사를 맡아 적극적으로 일했다. 종률이 일본으로 가게 도왔던 박시목도 같이 활동했다.

신간회는 여성조직에도 영향을 미쳤다. 민족주의 사회주의로 나뉘어 활동하던 여성조직도 항일운동을 위해 힘을 모으기로 한 것이었다. 그 결과 근우회가 만들어졌다. 동경에는 근우회 지회가 만들어졌다. 종률은 조선인단체협의회에서 부인부장을 맡았던 경험이 있었기 때문에 근우회 동경지회에도 큰 도움이 되었다.

종률의 일본 생활은 만만치 않았다. 주변의 도움을 받아도 생활비는 절대 부족하였다. 어느 날 담벼락에 붙은 우유 배달원 모집 광고를 본 종률은 곧장 광고에 적힌 주소를 찾아갔다.

"자네, 자전거는 잘 타는가?"

주인이 종률에게 물었다.

"예."

"우유배달은 하루도 빠뜨려서는 안 되는 일이야. 자기 일처럼 열심히 할 수 있겠나?"

"내 일처럼 할 수는 없지요."

"그러면 여기서 일할 수 없어. 돌아가게."

"비가 오나 눈이 오나 하루도 빠짐없이 해야 하는 일을 내 일처럼 해서야 되겠습니까? 내 일이라면 몸이 피곤하거나 아플 때는 쉬고 싶겠지요. 하지만 맡은 일은 책임감 있게 해야 하지 않겠습니까?"

종률의 말에 주인은 고개를 끄덕였다.

"맞는 말이네. 내가 오늘 자네에게 많이 배웠네. 여기서 일해주게."

종률은 약속한 대로 맡은 일을 열심히 했다.

종률은 빈틈없이 바쁘게 생활하였다. 그렇게 지내는 중에 고향에서는 또다시 슬픈 일이 있었다. 형 종만이 병으로 죽은 것이다. 종률은 형의 임종도 지키지 못하였다. 아버지가 마치 앞날을 내다보고 부제불효 하라고 한 것만 같았다.

아버지 말씀을 따라 집안을 책임지던 형이 죽자 종률은 더없이 마음이 무거웠다. 형수와 어린 조카, 집안에 대한 책임감을 느끼지 않을 수가 없었다. 마음속에 크고 무거운 짐을 안고도 종률은 내색 없이 맡은 일을 해나갔다.

1927년 여름 방학이었다.

"밀양에 계신 황상규 선생께서 자네를 한번 만나보고 싶다고 하시네. 조선총독부 폭파를 계획하다 체포되어 6년간 옥고를 치르시고 지금은 신간회 밀양지회장으로 활동하고 계시지. 돌아가면 꼭 한 번 찾아뵙게."

박시목이 귀국하려는 종률에게 말했다.

"그렇게 하겠습니다."

황상규는 의열단장 김원봉의 고모부이자 스승으로 의열단 창단을 주도했던 대단한 독립운동가였다. 종률은 존경하는 독립투쟁의 선구자가 자신을 보자고 했다니 기분이 설레고 마음이 들떴다.

귀국 후 종률은 밀양으로 갔다. 밀양은 종률에게 낯선 곳이 아니었다. 종률은 이전부터 밀양 형평운동 단체 사람들과 관계가 있었다.

황상규가 있는 다물상회로 찾아갔을 때는 몹시 더운 한낮이었다.

"선생님. 뵙게 되어 영광입니다."

"하하하! 반갑소. 이야기는 이따가 저녁에 합시다. 영남루에 가서 시원한 바람 좀 쐬고 오시오."

처음 만난 황상규는 관운장이라는 별명에 어울리게 위엄이 있으면서도 다정한 인상이었다. 옥고와 가난도 그의 품성을 해치지 못한 모양이었다.

종률은 영남루에서 바람도 쐬고 아랑의 전설도 생각하며 시간을 보내다가 저녁 무렵에 다시 황상규에게 갔다. 정성 들인 저녁 밥상이 종률을 기다리고 있었다.

"이군. 황포군관학교로 공부하러 가지 않겠소? 갈 뜻이 있다면 내가 약산 김원봉에게 소개하겠소. 거기에 사람이 필요한 모양이오."

식사를 마치고 황상규가 말했다.

'아! 정말 가슴 벅찬 제안이다. 하지만 형님까지 돌아가신 마당에 내가 머나먼 중국 땅까지 가는 것이 옳은 일일까.'

종률은 대답을 선뜻 내놓지 못했다. 고민 끝에 종률은 자신의 마음을 글로 써서 보여주었다.

황포로 가란 말씀 백년대계 높사오나
소낙비 급한 풍우 당장 집일 어쩝니까.
작은 일 하나만이라도 예서 돌까 하나이다.

"허허! 옳소. 당장 눈앞에 있는 일이 더 급하니까요."

"말씀을 따르지 못해 죄송합니다."

"아니오, 아니오. 이 군은 어디서라도 제 일을 할 사람입니다. 너무 마음 쓰지 마시오."

황상규는 흔쾌히 고개를 끄덕였다. 종률은 황상규와 이야기를 나누며 긴 밤을 보냈다. 가슴 깊은 곳에서 절로 존경의 마음이 우러났다.

'나를 대해 주시는 것을 보니 후배를 키우는 마음이 대단하시구나. 진정한 지도자시다. 나도 꼭 배워야겠다.'

종률은 결심을 다졌다.

밀양을 다녀온 후에도 많은 일이 있었다. 종률은 충남 예산에서 유학생들이 주최하는 강연에 참여했다가 구속되어 9월이 되어서야 나왔다. 일본에서는 선배들이 빨리 오라고 재촉하고 있었다. 그러나 종률은 바로 갈 수 없었다. 스승 이형국이 병석에 있었기 때문이었다. 종률은 이형국을 만나기 위해 안동으로 갔다. 그런데 안동에 도착하자마자 또 경찰에게 잡혀 열흘 동안 유치장에 갇혀있었다. 종률이 찾아갔을 때 이형국은 초라한 집에 누워 있었다.

"너 왔니? 독립은… 되겠지?"

"예! 됩니다. 반드시 됩니다."

"내가 독립되는 것을 보고 죽을 수는 없겠지? 나중에라도 독립만 된다면 뜬 눈으로 죽지는 않을 텐데…."

이형국의 눈에 눈물이 핑 돌았다. 종률의 눈에도 뜨거운 눈물이 고였다.

이형국은 국제 정세와 나라의 사정을 꼼꼼히 물어보았다. 종률은 애타는 마음을 조금이라도 편하게 해주려고 하나하나 대답하였다. 주고받을 이야기는 끝이 없었지만 시간은 너무도 부족했다.

"선생님. 선생님을 구완해드리지 못하고 동경으로 가야 합니다."

종률이 어렵게 말을 꺼냈다.

"그래. 사정이 바쁘니 떠나야지. 이것이 마지막이겠구

나. 부디 공부 열심히 해서 민족의 좋은 일꾼이 되어라.
분열 없이 단결하여 자기 힘으로 자기 일을 담당하는 나
라, 평화로운 세계의 앞날에 공헌하는 나라를 만들어야
한다."

이형국은 떨리는 목소리로 말했다. 종률은 마지막 유언
이 될 그 말을 가슴에 새겼다.

종률이 일본으로 돌아갔을 때 신간회 동경지회의 사정
은 나빴다. 어려운 조건에서 힘들게 만든 신간회 동경지
회가 분열될 위기에 놓여있었다. 주도권을 둘러싼 논쟁
때문이었다.

"무산계급이 주도권을 잡는 것이 틀렸다는 말이 아닙니
다. 그러나 하나의 전선을 형성해서 싸우려는 지금, 주도
권 논쟁을 벌이는 것은 옳지 않습니다. 그것은 민족 역량
을 분산시켜 일제를 이롭게 할 뿐입니다."

종률은 강력하게 주장하였다. 종률만이 아니라 많은 사
람이 그렇게 주장했으나 동경지회의 사정은 달라지지 않
았다.

"다양한 정파, 다양한 계층의 사람들이 한데 힘을 모아
야 큰 힘을 발휘할 게 너무나 분명한데…."

종률은 안타까웠다. 종률이 신간회 동경지회에서 할 수
있는 일이 점점 줄어들었다. 종률은 청년운동으로 관심을

돌리고 재일본 조선청년동맹 창설에 힘을 보탰다. 청년조직 경험이 많은 종률에게는 어렵지 않은 일이었다.

1928년 여름, 종률은 일본 생활을 정리하기로 마음먹었다. 더는 학자금을 해결하기도 어려웠고 생활비를 마련하는 일도 벅찼다. 바쁜 중에도 공부를 소홀히 하지 않았던 학교를 그만두고, 청년동맹 활동도 접었다.

"돌아가서 활동할 준비를 해놓고 가야겠네."

"당연하지. 국내 사정은 일본으로 나올 때보다 지금이 더 어려워. 인쇄물 한 장 쉽게 찍을 수 없으니 말일세."

"여기에 신문사를 하나 만드는 것이 어떤가. 국내에서 필요한 인쇄물을 찍어서 보내줄 수 있을 테니."

"정말 좋은 생각이네. 당장 신문사를 설립하고 자네가 귀국할 때 가져갈 자료부터 만들지."

종률과 신간회 동경지회에서 함께 활동했던 이현철, 김정수, 박노수는 당장 '조선교육신문사'를 설립했다. 그들은 첫 번째로 「학생들의 하기휴가에 관한 마음가짐」이라는 학생운동지침서를 만들었다. 종률은 그 인쇄물을 가지고 돌아와 경북지역을 돌아다니며 나눠주었다.

서울로 돌아간 종률은 경성 고학당의 교사가 되었다. 고학당은 1923년 이준열이 가난한 학생들을 위해 설립한 학교였다. 허름한 창고에서 시작한 학교였지만 점점 학생 수가 많아졌다. 나중에는 움집을 지어서 교실로 써야 할

형편이었다. 학생들과 교사들은 전국에서 모금활동을 벌여 학교 건물을 새로 지었다.

새로 지은 고학당은 학생들이 자율적으로 운영하였다. 학생들은 모두 일을 하면서 성실히 공부하였다. 우수하고 헌신적인 교사들은 돈을 받지 않고 가르쳤다. 종률은 국어와 작문을 맡았다. 종률은 동명학교에서 받은 교육을 바탕삼아 최선을 다해 학생들을 가르쳤다. 국어를 체계적으로 가르칠 수 있는 사람이 별로 없을 때였다.

그즈음 학생들은 식민지교육 철폐와 독립 쟁취를 위해 전국에서 동맹 휴학을 벌였다. 종률은 일본에 있는 조선교육신문사에 연락하였다.

"학생들의 동맹 휴학을 지원해야겠소. 삐라를 만들어 보내주시오."

일본의 동지들은 즉시 인쇄물을 만들어 보냈다. 그들은 만약을 대비해 두 군데로 나눠 보냈다. 동맹휴학 중이던 대구고보와 서울에 있던 종률에게 따로 보낸 것이다. 대구로 보낸 삐라는 바로 경찰에게 발각되고 말았다. 다행히 종률에게 보낸 것은 무사히 도착했다. 종률은 삐라를 휘문고보와 보성전문학교 학생들에게 전달했다.

식민지 노예교육을 타도하라!

조선 학생은 궐기하라!

휘문 맹휴, 대구 맹휴 사수하라!

학생들은 일제의 교육정책을 정면으로 비판하며 맹휴를 벌였다. 그렇지 않아도 학생들의 활발한 항일운동 때문에 골치 아파하던 일제는 학생들의 동맹 휴학을 도운 이들을 가만두지 않았다. 종률은 주동자로 징역 10개월 형을 받고 서대문 경찰서에 수감되었다. 유치장에 갇힌 적은 여러 번이었지만 실형을 받고 형무소에 수감된 것은 이때가 처음이었다.

4. 해방이 될 때까지

종률은 출옥하자마자 새로운 일을 계획하였다.

"나라와 민족이 처한 실정을 철저히 조사하고 낱낱이 분석해서 사람들에게 알려야 해. 우리가 어떻게 당하고 있는지 알아야 우리가 할 일도 명확하게 알 수 있으니까."

종률은 동료들과 사회실정조사소를 설립하였다. 그러나 일을 시작해보기도 전에 종률과 동료들이 또 체포되었다. 의령에서 5·1 메이데이 격문을 뿌린 용의자로 몰렸기 때문이었다. 사회실정조사소 일은 더 진행되지 못했다.

1년 가까이 구금되었던 종률이 풀려났다. 종률은 새로 합류한 동료들과 사회실정조사소 일을 다시 시작하였다. 그와 함께 이러타사도 설립했다. '이러타'는 '이렇다'는 말이었다. 사회실정조사소가 나라 안팎의 자료를 수집하고 외국의 책과 자료를 번역하는 연구소라면, 이러타사는 그 결과를 『이러타』라는 책으로 펴내는 출판사였다. 종률은 양쪽 일을 다 보았다. 『이러타』 일은 거의 혼자 책임지다시피 하고 있었다. 그런 종률을 사람들은 '이러타!'라고 불렀다.

『이러타』를 각 지역 독자들이 읽을 수 있게 하려면 지국이 필요했다. 지국은 곳곳에 만들어졌다. 몇몇 곳은 신간회 지회 책임자였던 이가 지국을 맡았다. 많은 지지와 기대를 받았던 신간회는 없어졌지만 사람들은 남아 있었던 것이다. 『이러타』지국은 사회실정조사소에서 조사할 만한 정보도 주었고, 자료를 모으는 데도 큰 역할을 하였다. 지국이 잘 운영되는 것은 중요했다.

"이보게, 이러타! 지국을 위해 할 만한 일이 없을까?"

"훌륭한 강사들의 강연을 여는 게 제일 좋겠지."

이러타사는 예술, 정치, 역사, 과학 등 다양한 분야의 전문가들의 강연을 열었다. 우수한 강사들의 수준 높은 강연이었다. 종률 역시 『이러타』에 글을 썼고 강연에도 참여하였다. 글을 쓸 때는 꼭 자신의 본명을 숨기고 다른 이름을 썼다.

『이러타』에는 일제 식민정책을 비판하는 글이 많이 실렸다. 국제관계에 대한 글도 실려 독자들의 인식을 높였다. 그러니 이러타사 일도 경찰의 감시를 받을 수밖에 없었다. 강연이 금지되고 글이 삭제되기도 했다. 어떤 때는 원고 전부를 압수당하기도 했다. 그래도 종률은 발행을 포기하지 않았다.

종률은 그 와중에도 틈틈이 공부를 했다. 에스페란토어까지 익힐 정도로 늘 배우는 일에 적극적이었다. 에스페란토어는 다른 민족 간의 소통과 이해, 인류평화를 위해 만들어진 국제언어였다. 제국주의에 반대했던 수많은 지식인이 이 언어를 배우고 사용했다.

이즈음 종률은 경성제국대학 법문학부 교수인 미야케 시카노스케를 알게 되었다. 학문의 경지가 높은 사람이었다. 그는 여러 사회주의자들과 '미야케 경제학 교실'이라는 연구 모임을 하고 있었다.

"당신은 신간회의 해소를 어떻게 생각합니까?"

처음 만난 자리에서 미야케 교수가 물었다.

"더없이 안타깝게 생각합니다. 제국주의의 지배를 당하는 상황에서는 노동자와 농민만이 아니라 전 민족이 주도 세력이 되어 싸워야 하는 게 아니겠습니까?"

종률이 아쉬운 얼굴로 대답했다.

"옳습니다. 신간회 해체를 반가워할 자는 일본제국주의 세력과, 그 세력의 농락에 넘어간 세력들이지요. 우리 집으로 한 번 오시오. 보여드릴 것이 있소."

미야케 교수는 숨겨 놓았던 자료를 종률에게 보여주었다. 1920년 코민테른 2회 대회에서 레닌이 제출한 「민족·식민지문제에 관한 테제」였다. 식민지지역의 민족운동이 세계혁명의 주요 세력임을 주장하는 내용이었다.

"아! 이 내용은 배재고보 다닐 때 접해보았습니다. 그때는 잘 이해할 수 없었는데 이제 확실히 이해가 됩니다."

미야케 교수는 제국주의에 반대하고 조선민족혁명을 지지하는 사람이었다. 종률과 미야케 교수는 자연스럽게 가까운 사이가 되었다.

1932년이 끝나갈 무렵, 종률은 동료들에게 말했다.

"신간회 간판과 자료들을 내버려 둬서는 안 되겠네. 사회실정조사소로 옮겨와야겠어."

"이러타! 그걸 굳이 옮겨올 필요가 있겠나?"

"있고말고. 신간회 정신을 생각해보게. 그대로 흩어지게 내버려 둘 수 없어."

종률은 사람들과 협의하여 신간회 본부의 간판과 각 지회의 문서들을 챙겨 사회실정조사소로 옮겨왔다.

"이것만으로는 부족해. 아예 『이러타』에 기사를 실어야겠어."

종률은 신간회뿐 아니라 해산을 결정한 모든 조직이 자료를 보내주면 잘 보관하고 활용하겠다는 기사를 실었다.

해가 바뀌었다. 종률은 여전히 왕성하게 활동하였다.

"미야케 교수님. 이러타 지국에서 강연 한 번 해주시지 않겠습니까?"

"그러지요. 「32년 테제」에 나온 일본 문제에 대해 이야기하겠습니다."

"저는 많은 사람이 교수님의 강연을 들을 수 있도록 준비하겠습니다."

계급혁명을 주장하는 사람들이 많을 때였지만 종률은 민족혁명론을 확신하게 되었다. 자본주의 발달이 늦고 봉건주의가 남아있는 식민지 상황에서는 민족혁명이 중요하다는 것을 미야케가 거듭 설명하며 이해시켜주었다. 종률은 스스로 미야케의 제자라 여겼다. 배우기를 좋아했기에 또 스승을 찾아낸 것이다.

종률은 열심히 미야케 교수의 강연을 준비했다. 하지만 강연은 열리지 못했다. 종률이 또다시 체포되었기 때문이었다.

그해 1월부터 광주경찰서에서는 형평청년전위동맹이 공산주의 단체를 결성하고 활동했다는 혐의를 두고 100명이 넘는 사람들을 구속 수사하였다. 종률은 봉건적 신분제에서 벗어나야 한다는 신념을 가지고 있었다. 형평운동 사람들과 꾸준히 연락을 주고받던 종률도 구속되었다.

경찰은 사람들이 법을 어겼다는 아무런 물증도 가지고 있지 않았다. 경찰은 재판을 미루면서 사람들을 혹독하게 고문하였다. 증거가 없으니 자백을 받으려는 의도였다. 광주경찰서의 고등계 주임인 고고로 이시와 형사부장 가쓰미는 악랄하기 짝이 없었다. 사람으로서는 할 수 없는 잔인한 고문을 서슴지 않고 저질렀다.

"그렇게 당하고도 자백하지 않는 걸 보면 더 이상 추궁할 건더기가 없는 것 아닙니까?"

동료 경찰들도 너무 심하다는 생각을 넌지시 내비쳤다.

"내가 자백받으려고 이러는 줄 아나? 이 독한 놈이 '아야!' 하고 내지르는 비명이라도 한 번 들어보려는 거라네."

종률은 고문관이 화가 날 정도로 비명 한 번 내지 않았다. 간수들은 고문을 당해 초주검이 된 종률을 감방에 던져 놓았다.

"나쁜 놈들! 사람을 이 지경으로 만들어놓다니. 이게 사람 꼴이야? 사람 꼴이냐고?"

한 방에 갇혀있던 죄수들이 종률을 돌봐주었다. 그들은 가난 때문에 죄를 지어 들어왔는데, 눈도 못 뜨는 종률에게 물을 먹이고 피를 닦아주었다. 그들은 간수의 눈치도 보지 않고 종률을 돌보았다. 가난한 동포들의 보살핌은 종률의 가슴을 한없이 뜨겁게 데워주었다.

고문은 끝나지 않고 날이면 날마다 계속되었다. 어느 날 고문을 견디다 못한 종률은 그만 의식을 잃고 말았다. 종률은 자신이 살았는지 죽었는지도 알 수 없었다.

"종률아!"

눈앞에 아버지가 나타났다.

"아! 아버님."

종률이 안간힘을 다해 눈을 떴다. 아버지 모습이 서서히 사라졌다.

"아, 아버님! 성삼문의 기개를 들려주려 저승에서 그 먼 길을 오셨군요. 아버님! 아버님! 흑흑흑!"

유명 먼 길 고문장에, 또 오시진 마옵소서.
생전 불효하온 소자, 유훈마저 잊으리까.
엄연한 모습 가슴에 모시고, 이 쇠 차다 버티리다.

종률은 다짐하고 또 다짐했다. 종률의 눈에서 뜨거운 눈물이 쏟아져 내렸다.

2년 10개월이 지나서야 정식재판이 열렸는데 마지막까지 남아 재판에 회부된 사람은 14명이었다. 이 사람들은 모두 혐의를 완강히 부인하였다. 재판도 7개월이나 걸렸는데 그 결과는 모두 무죄였다. 형평사 사람들은 3년 5개월만에야 겨우 풀려났다. 그러나 그때도 종률은 풀려나지 못했다.

종률이 감옥에 있는 동안 미야케 교수가 잡혀갔다. 미야케 교수는 이재유 일로 구속되었다. 이재유는 조선공산당과 관련 있는 사람이었는데 체포되었다가 탈출하여 미야케의 관사에 숨어있었다. 미야케 교수는 제자 이재유를 숨겨주었다. 그러나 경찰은 사건을 조작하여 미야케 교수를 주모자로 만들었다. 그리고 그 일로 미야케와 가깝게 지내던 종률도 구속하려 했다.

종륜은 미야케와 관련된 재판에서 2년 구형을 받았다. 그제야 종륜은 풀려날 수 있었다. 무죄였는데도 형평사 사건으로 3년 반 넘게 감옥에 있었기 때문에 어쩔 수 없이 풀어준 것이었다.

종륜은 석방되자마자 미야케 교수의 부인을 찾아갔다.

"남편은 교수직에서 해임되었어요. 저는 관사에서 쫓겨났고요. 남편이 서점을 열고 집에 있는 책을 팔라고 해서 시키는 대로 하고 있어요. 지금까지는 겨우 견디고 있는데 앞으로는 어떻게 지내야 할지…."

미야케 부인이 근심 어린 얼굴로 말했다.

"걱정 마십시오. 교수님 책은 학생들에게 필요한 것들이니 잘 팔릴 겁니다."

종륜은 적극 나서서 서점 일을 도왔다. 서점 운영은 그럭저럭 괜찮았다. 종륜은 책을 정리하다가 세계정치사에 대한 책 두 권을 발견했다.

"이 두 권은 제가 봤으면 합니다."

종륜이 부인에게 책을 들어 보이며 말했다.

"그냥 가지세요. 그동안 애써주셨는데 그렇게 하셔도 됩니다."

부인이 대답했다. 그러나 덥석 책을 가질 수는 없었다.

"교수님 책을 돈을 주고 사는 것은 너무 비통합니다. 석방될 때까지 제가 보관하겠습니다. 그리고 이것은 교수님

사식비로 써주십시오."

종률은 돈이 든 봉투를 부인에게 건넸다. 책값보다는 큰돈이었고, 부인에게 도움이 될 만했다.

출옥되자마자 미야케는 비밀리에 일본으로 추방되었다. 일제는 조선민족혁명을 돕는 일본 교수를 조선에 놔두지 않았다. 미야케와 부인은 남모르게 서울역으로 가서 기차를 타고 떠났다. 종률은 미야케가 떠나는 것을 알았지만 배웅조차 할 수 없었다. 역에 나갔다가 또다시 이런저런 일에 얽힐 수도 있었기 때문이었다. 책도 돌려주지 못했다. 그 후 종률은 미야케 교수를 다시는 만나지 못했다.

그즈음 일제는 민족, 계급, 마르크시즘 같은 말이 쓰인 책은 닥치는 대로 앗아갔다. 책 모으기에 정성이던 종률도 더는 버틸 수가 없었다. 종률은 책을 골라 독에 넣고 땅에 묻었다. 하지만 미야케 교수의 책 두 권은 차마 묻을 수가 없어 이름을 밝히지 않고 도서관에 기증하였다.

일제의 탄압은 갈수록 극심해졌다. 일제는 항거하는 지식인들을 형무소에 보내지 않으면 거꾸로 이용해 먹으려 했다. 조선어학회 사건 같은 것을 만들어 몽땅 감옥으로 보내는가 하면, 일본 제국주의를 찬양하는 연설을 강요했다. 일본에서 공부를 한 사람들도 어떻게든 써먹으려 했다.

항일 의지를 가진 사람들은 속속 서울을 떠났다. 다리

가 아파 못 걷는다는 핑계를 대고 가마를 타고 고향으로 피신한 사람도 있고, 한일병탄을 거부해 자결한 아버지를 생각해 결코 친일할 수 없다며 고향으로 간 사람도 있었다. 계속 감시를 받으니 제대로 활동을 할 수도 없고, 일본에 협조하라는 압박은 날로 심해져서 견디기가 너무 어려웠던 것이다.

종률도 2년마다 보호관찰 대상으로 지정되기를 반복하고 있었다. 종률도 더는 견디기 힘들었다.

"일제가 시키는 일을 할 수도 없고 가만히 앉아 징용을 당할 수도 없으니 어딘가로 피신을 해야겠습니다."

"임시방편으로 목탄 굽는 일을 하는 것이 어떻겠습니까?"

"목탄구이도 일제 군용사업의 하나가 아닙니까?"

"민간인들 생활에도 목탄은 필수품이지요. 군수품으로는 쓰이지 않도록 수를 써 보십시오."

종률은 믿을 만한 사람의 권유로 경기도 가평군 설악면 가일리로 숯구이를 하러 들어갔다. 설악면까지는 차가 갈 수 있었지만 가일리 가는 길은 소와 말도 가기 힘든 산길이었다. 마른 잎을 매단 참나무들이 빽빽하게 서 있는 가일리 산속은 겨울에도 하늘이 보이지 않았다. 종률은 빚을 내어 나무값을 치르고 숯가마를 만들었다.

숯을 굽기 시작하자 사람들이 하나둘 가일리로 모여들

었다. 그러다가 나중에는 아예 젊은이들의 피난처가 되었다. 서로 다른 학력과 경험을 가진 사람들이 개울물이 강으로 흘러드는 것처럼 함께 모이고 서로 섞였다. 주역과 대학을 읽는 고풍 학자도 있었고, 마르크스 자본론, 모택동의 연합정부론과 모순론을 이해하는 민족혁명 학도도 있었다. 민족 의기가 높아 때때로 주먹을 휘두르며 일어서는 이도 있었고, 사회주의 이론을 가진 이도 있었다, 민족문학청년도 있었고, 민족음악가도 있었다. 하나같이 일제를 피해 온 사람들이었다.

그곳 사람들은 '목탄(숯) 굽는 사람'이라고 자신들을 목(木)서방이라고 불렀다. 종률은 대표 목서방이었다. 목서방들은 구운 숯을 군수품으로 쓰이지 않게 하려고 갖은 애를 썼다. 경기도 산림과나 가평군청에서는 숯을 내가기 위해서 도로까지 만들었지만 목서방들은 온갖 핑계를 대며 숯을 내주지 않았다. 산림과 간부들과 군청 산림계 간부들은 수시로 나와서 숯을 내라고 독촉했다.

목서방들은 숯을 주지 않기 위해 오히려 그들을 협력자로 만들었다. 산림과 간부들과 군청 산림계 간부들이 오면 한일관이라는 여관에서 자게 하면서 좋은 음식과 술을 마음껏 먹게 했다. 또 돌아갈 때는 자기 집에서 쓸 숯에다 주변 사람들에게 인심 쓸 숯까지 줘서 보냈다. 그들은 대접 받는 맛에 길들어서 목서방들의 뜻대로 움직였다.

목서방들은 일본인 군수품 회사에 숯을 팔기로 하고 선불로 돈을 받았다. 그 돈은 아주 요긴하게 쓰였다. 나무 값을 갚고, 산림과 간부들을 대접하는 데도 썼다. 가일리 동지들 생활비로도 쓰고 민족독립투사들의 활동비로도 썼다.

목서방들은 숯을 구워 서울과 인천 사람들에게 팔았다. 목서방들은 생활에 쓰는 숯은 조선인 일본인을 따지지 않고 팔았다. 그러나 일본인 회사에는 갖은 이유를 대면서 납품을 미루고 미루었다.

가일리는 가평에서도 가장 깊은 산골이었다. 조국의 독립이나 민족 해방을 위해서 할 수 있는 일이 많지 않았다. 하지만 목서방들은 뜻을 잃지 않았다. 목서방들은 한 달에 한 번 산꼭대기까지 올라가 조국산하를 둘러보았다. 그날 저녁에는 모여 앉아 막걸리를 마시면서 아리랑을 부르고 심훈의 시 '그날이 오면'을 암송했다. 그들 누구도 간절한 마음을 잃지 않았다.

마침내 그날이 왔다. 일제로부터 해방되었다. 가일리 목서방들은 여러 조짐을 통해 해방이 다가오고 있음을 짐작하고 있었다. 그렇긴 했어도 해방 소식을 들었을 때, 목서방들은 벅차고 뿌듯한 감정에 목이 메었다.

일본인 군수품 회사는 돈을 돌려달라고 할 새도 없이 일본으로 달아났다. 목서방들은 자신들이 구운 숯이 끝까지

침략자의 군수물품으로 쓰이지 않은 것도 자랑스러웠다.

　가일리의 목서방들은 다시 각자 가야 할 자리로 돌아갔다. 종률도 서울로 돌아갔다.

5. 분단이 불러온 전쟁

'새로운 국가를 만드는데 나는 어떤 일을 해야 할까?'

종률의 고민은 길지 않았다.

'내가 할 수 있는 실천은 학문을 통한 봉사이다. 건강을 잃어 다른 활동은 하기도 어렵고, 성격이 낭만적이라 철저함도 부족하니 나는 학술운동을 열심히 하겠다.'

종률은 여러 학교에 다녔지만 한 번도 졸업을 못 했다. 건강도 나빠졌다. 그러나 책 읽고 공부하는 것에는 누구 못지않게 부지런했기 때문에 그런 결심을 한 것이었다.

해방 다음 날인 8월 16일, 서울 YMCA 소강당에서는 조선학술원을 만들기 위한 회의가 열렸다. 학술운동을 결심한 종률도 참석하였다. 다른 참석자들은 모두 양복을 입고 중절모자를 써서 한눈에 학자들임을 알 수 있었다. 하지만 가일리에서 숯구이를 하던 종률은 탄광바지에 작업신발을 신고 있었다.

회의가 시작되었다. 보고 연설이 몇 차례 있고 난 다음, 간부를 뽑을 차례가 되었다.

"위원장에 백남운 교수, 서기장에 김낭하 박사가 좋겠습니다."

윤행중, 신남철이 추천과 동의를 하였다. 종률의 의견과는 많이 달랐다. 회의가 진행되는 동안 듣기만 하던 종률이 손을 번쩍 들고 일어났다.

"저는 위원장에 홍명희 선생, 서기장에 안동혁 교수, 자연과학 담당에 김태일 교수, 사회과학담당에 백남운 교수를 추천합니다."

"일제도 물러났으니 남은 일은 사회주의 조국을 건설하는 것입니다. 그러니 민족적인 인물인 홍명희 선생을 추천할 이유가 없습니다. 저도 홍 선생을 존경하지만 지금시기에는 위원장으로 적절하지 않습니다."

신남철은 물러서지 않고 주장하였다.

"백남운 교수가 대가라는 점은 인정합니다. 하지만 8·15를 이해하는 자세가 달라야 합니다. 일제가 물러갔지만 우리 힘으로 물리친 것이 아닙니다. 제국주의가 물러간 것은 더욱더 아닙니다. 남아있는 일제세력이 당장 내일부터도 다시 일어나려고 할 것입니다. 거기다가 미국과 소련이라는 외세가 버젓이 들어와 있는 상황입니다. 일본 반대, 제국주의 반대 투쟁이 필요합니다. 이제 우리의 과제는 민족자주의 힘을 키우고 부유한 민족사회를 건설하는 것입니다. 그러니 홍명희 선생이 위원장을 맡아야 하지 않겠습니까?"

종률이 반박하고 나섰다.

"이 형은 해방된 오늘에 있어서까지 민족, 민족, 민족 타령만 할 테요? 인제 그만 좀 하시오. 게다가 홍 선생은 한 사람의 문학인이고 언론인일 뿐이오. 조선학술원의 책임간부가 되기엔 좀 모자라지 않소."

"홍명희 선생은 민족협동전선 정치투쟁단체인 신간회 중앙조직부 총간사를 했던 분입니다. 그걸 잊었습니까?"

의견은 팽팽하게 맞섰다.

"두 쪽 의견은 다 생각해볼 만합니다. 이미 밤이 깊었으니 이 문제는 내일 아침 회의에서 다시 이야기하는 것이 어떻겠습니까?"

사회자가 참석자들에게 말했다. 모두 찬성이었다.

다음날 표결을 하였다. 백남운이 위원장으로 뽑혔다. 백남운이 연단에 섰다.

"나는 사회주의 계열 동지들의 힘을 입어 위원장이 되었지만, 이종률 동지가 이야기한 것을 중요하게 받아들입니다. 그 방향으로 일을 하겠습니다."

백남운이 인사말을 했다. 종률은 조선학술원 서기국 상임위원을 맡게 되었다.

해방된 그해, 한반도 남쪽에는 여러 개의 정당이 생겼다. 각 당에서 종률에게 들어오라고 권했다.

"저는 직접 정치를 할 뜻이 없습니다. 저는 공부를 해야 되겠습니다."

종률의 생각은 변함이 없었다.

"그럼 학문을 통해서라도 도움을 주시기 바랍니다."

제안한 사람들은 아쉬워하며 그렇게들 말했다. 하지만 막상 종률이 조언을 했을 때 받아들이는 정당은 없었다.

다음 해 2월에는 조선문화단체연맹 창립대회가 열렸다. 조선학술원 간부들도 그 대회에 참석하였다.

"오는 3·1만세운동 기념일에는 학생들의 가두운동을 못하게 해야 합니다. 학생들이 정치에 참여하는 것은 옳지 않습니다. 군정청 문교부장에게 건의하여 학생과 교사들이 기념행사에 참가하지 못하도록 지시하게 합시다."

얼굴도 잘생겼고, 거침없이 말도 잘하는 이원조라는 사람이 의견을 내놓았다. 여러 정당이 나뉘어 있는 상황에서 학생들이 반민족적인 정당 행사에 참가할까 봐 염려해서 나온 의견이었다. 종률은 이 의견을 도저히 받아들일 수 없었다.

"그것은 옳지 않습니다. 3·1만세운동부터가 학생들이 선두에 서서 일으킨 것 아닙니까? 또 6·10투쟁도 학생들의 실천으로 시작되었습니다. 광주의거는 어떻습니까? 바로 학생들이 일으킨 항쟁 아닙니까? 학생들은 역사전진의 선두세력이었습니다. 권력의 힘을 빌려서 학생들의 정치활동을 막는 게 말이 됩니까? 우리는 학생들의 선생입니다. 정 걱정이 된다면 선생으로서 반민족적인 행사에 참가하지 않도록 지도해야 할 것입니다. 가두운동을 막을 것이 아니라 민주민족통일건국을 해야 한다는 정치 방향을 제시해줍시다."

"아니, 그렇게 해서 학생들이 이승만 당이 준비하는 3·1 모임에 동원되는 것을 막을 수 있겠습니까?"

모스크바 삼상회의 결과인 신탁통치를 동아일보에서 잘못 보도하고, 그 보도를 근거로 이승만과 한민당이 반탁운동을 벌이면서 남한 단독정부를 수립하려고 했다. 조선문화단체연맹은 이승만과 한민당에 반대했기 때문에 토론이 벌어진 것이었다.

종률은 비과학적인 생각에 반박하기 위해 다시 자신의 주장을 펼쳤다. 이승만과 한민당이 옳지 않기는 해도 학생들의 가두 진출을 막는다는 것은 말이 되지 않았다. 하지만 종률의 의견에 힘을 보태는 사람은 없었다.

사람들은 기어이 교사와 학생들이 학교 밖 행사에 참가하지 못하게 해달라는 요청을 했다. 그러나 그 요청은 받아들여지지도 않았다.

'옳은 사회과학은 고전하는 게 당연한 거야. 옳지 못한 비과학의 사나운 위엄을 견디는 것이 과학이 처한 운명이지.'

종률은 스스로 위로했다.

'미국과 소련이 38선을 경계로 남북을 나눠놓은 이때. 가장 중요한 일은 분단을 막고 통일정부를 수립하는 일이다. 당이라면 마땅히 그런 일을 해야 한다.'

여러 정당이 있었지만 모두 자기조직의 이익에만 급급하고 역사의 과제를 다하지 못하고 있었다. 종률은 민족의 진로를 내다보는 당, 역사의 전진을 책임지는 당, '사책당'이 필요하다고 생각했다.

'진정으로 역사를 책임지는 당을 만들려면 어떻게 해야 할까? 가일리 목서방들을 모아볼까? 의열단 김원봉이 만든 조선민족혁명당으로 힘을 합하는 것은 어떨까? 그 당의 5대 강령을 보면 충분히 그 역할을 해낼 것도 같은데….'

종률은 시대를 이끌어갈 당을 위해 여러 가지 고민과 노력을 했지만 뜻대로 되지 않았다. 당을 만드는 데는 많은 사람과 돈이 필요했고, 종률은 힘이 부족했다.

"모스크바 삼상회의를 잘못 보도한 뒤로 민족국가 수립을 위한 길은 안개 속으로 빨려 들어가고 말았어."

"삼상회의 결정은 미국과 소련 어느 쪽에도 의존하거나 치우치지 않고 주체적으로 활용해야 해."

종률과 박진은 삼상회의의 내용을 치밀하게 분석하고 공부하였다. 그들은 당을 준비하는 단계가 필요하다고 생각하고 민족건양회를 만들었다. 그리고 나아갈 방향을 정했다. 스스로 힘을 키우고, 외세에 의존하지 않으면서 통일을 이룩한 다음, 주어지는 과제에 따라 역사의 길로 전진하는 그 방향이었다.

박진, 문한영, 조윤제가 종률과 함께 모임을 만들었고 김창숙, 안경근, 이시영이 들어왔다. 그들은 활동에 적극적으로 참여했다. 민족건양회는 힘이 큰 조직은 아니었지만 꾸준히 활동하였다. '민족건양'은 '민족사회를 건설하고 보다 높은 역사단계로 나아간다'는 뜻으로 종률이 만든 말이었다.

미 군정이 기어이 남한만의 단독정부를 세우려고 했다. 이승만을 앞세운 단독정부의 수립은 분단을 고착시킬 것이 불 보듯 뻔했다. 해방된 조국이 남북으로 갈라지는 것을 원치 않는 여러 정당과 단체들이 '민주주의독립전선'을 결성하였다. 이극로가 위원장, 조봉암이 부위원장을 맡았다. 종률도 상무위원으로 참여하였다.

민주주의독립전선은 미국과 소련에 의존하지 않고, 좌우가 힘을 모아 통일정부를 수립해야 한다고 주장했다. 또 남과 북이 서로를 해치는 일이 있어서는 안 된다고 역설하였다. 그러나 분단 상황은 점점 굳어져 갔다. 분단이 굳어질수록 무력충돌이 일어날 위험성도 높아졌다.

종률은 한국사회의 가장 중요한 문제가 제국주의 침탈로 발생한 민족문제임을 확실히 알려야겠다고 생각했다.

종률은 자신의 생각을 책으로 펴냈다. 대학에서 강의를 맡아 '민족혁명론'을 펼치기도 하였다. 민주일보의 주필로도 활동했다. 민족의 위기 앞에서 종률은 힘닿는 대로 자신의 역할을 해나갔다.

종률이 또 힘써 아내의 일을 도왔다. 종률은 해방되는 해에 송교를 만났다. 송교는 경성대학 의학부 의학도였고 조선과학여성회의 회원이었다. 송교는 여성의 질병과 관련한 논문을 쓰고 있었다. 종률은 송교가 하는 일이 자랑스러웠다. 자신의 아내이기보다는 조국과학도, 과학여성으로서 활동하는 것이 뿌듯했다. 종률은 송교가 연구에 집중할 수 있도록 도왔다. 같이 자료 조사를 다니고, 자료 정리도 도와주었다. 송교는 명석했고 자신이 할 일에 철저했다. 종률은 송교의 활동을 위해 넉넉지 않은 살림에도 가사와 육아를 돌봐줄 사람을 두었다. 그리고 아내가 장기출장을 가면 집안일을 온전히 맡아 했다.

종률은 송교와 결혼하기 전에 이미 결혼한 경험이 있었다. 종률이 처음 결혼한 사람은 부유한 집안의 딸로 아름답고 착했다. 그러나 조국을 위한 고민을 함께 나눌 수는 없었다. 종률은 그 사람과 이혼했다.

"나의 아내는 궂은일을 함께하는 동지여야 해. 나도 아내를 위해 머슴이 될 각오가 되어있어."

종률과 송교는 서로에게 완벽한 짝이었다. 두 사람의 결혼생활은 행복했다.

그러나 남북 상황은 점점 나빠졌다. 남한 단독정부가 생기고 연이어 북한에도 단독정부가 수립되었다. 분단을 막기 위해 헌신하던 김구 선생은 기어이 암살되었다.

스승 유동붕 선생은 김구의 장례가 끝날 때까지 미음 한 그릇 먹지 않았다.

"이 치욕스러운 하늘 밑에서 어찌 머리를 들고 다닐 수 있겠나. 해방된 지가 언제인데… 친일파가 쏜 흉탄에 애국자의 목숨이 끊어지다니 말이 되는가? 일제 때는 살아 있던 백범 선생이 해방된 조국에서 살해되다니… 으흐흑!"

"선생님. 제발 식사를 하시면서 반민족 세력을 물리칠 방법을 생각하십시오."

통탄해하던 유동붕 선생은 단식 끝에 허약해진 몸을 회복하지 못하고 결국 죽음을 맞았다.

1950년, 걱정했던 전쟁이 일어나고 말았다.

"염려했던 일이 벌어지고 말았소. 피난을 가야겠소."

"당신은 피하도록 하세요. 나는 아이들과 남아 있겠어요."

"위험해서 안 되오."

"나는 의사예요. 의사 손이 필요한 곳을 두고 어딜 가겠어요. 틀림없이 의료 활동이 필요할 거예요. 국제법에도 의사들은 전쟁 때 보호받도록 하고 있으니 걱정 말아요."

"부디… 조심하시오."

송교는 피난을 하지 않았다. 그리고 남쪽 북쪽을 가리지 않고 부상자를 치료하였다. 그것은 의사의 본분이었다.

남쪽으로 밀려 내려갔던 국군이 서울을 수복하였다. 그러자 인민군을 치료해준 것을 못마땅해하던 사람들이 송교를 죽여버렸다. 재판도 없이 그대로 목숨을 앗아간 것이다.

"어떻게 이럴 수가! 내 탓이오. 당신도 피했어야 했는데… 크흐흑! 여성을, 의사를 테러하다니 이럴 수가 있소! 여보. 으흐흐흑!"

종률은 아끼고 사랑하던 송교의 죽음에 애통함을 금할수가 없었다. 그뿐만이 아니었다. 전쟁 중에 하나밖에 없는 조카가 실종되어 찾을 길이 없었다. 조카의 실종은 아버지와 형을 잃은 충격보다 컸다. 종률은 형수에게도, 돌아가신 아버지와 형에게도 사무치게 죄송했다. 외아들을 잃은 형수의 마음은 무엇으로도 달랠 수 없었다. 전쟁이 주는 고통은 크고도 깊었다. 그러나 고통스러워할 여유조차 허락되지 않았다. 종률에게는 아이가 네 명이나 있었다. 종률은 슬픔과 고통을 가슴에 눌러두고 아이들을 데리고 대구로 갔다.

　종률은 함양군 안의중학교에서 교감으로 일을 하였다. 농촌에서 교사로 지내는 동안 피폐해진 마음을 조금이나마 추스를 수 있었다. 정겹고 편안한 자연은 종률의 몸과 마음을 조금이나마 안정시켜 주었다.

6. 동래 수곡과 천하정 제자들

전쟁 동안 부산이 임시수도가 되었다. 많은 사람이 부산으로 몰려들었다. 대선배인 최익환, 박시목의 동생 박진목도 부산에 와있었다. 그들은 전쟁을 멈추기 위한 운동을 벌이고 있었다. 이들의 연락을 받고 종률이 부산에 다니러 왔다.

"이 선생. 서울에 남아 있다가 동족끼리 서로 죽고 죽이는 그 끔찍함을 내 눈으로 보고 말았네. 한시바삐 이 참극을 멈추게 해야 하네."

최익환이 몸서리를 치며 말했다.

"전쟁을 멈추는 운동에 나서야 해. 우리가 그 일을 해야 하네."

오랜 벗인 박진목도 같은 생각이었다.

종률 역시 전쟁은 안 된다는 생각이 확고했다.

"아무렴요. 전쟁을 멈추어야지요. 나는 어떤 경우라도 전쟁에는 동의할 수 없어요. 그것이 설사 통일을 위한 전쟁이라고 해도 말입니다."

종률은 그들과 함께 반전 평화운동을 벌이기 위해서 부산으로 옮겨왔다. 이들이 겪은 고통이 곧 국민들이 겪은 고통이었다. 누구도 그런 고통을 더 겪어서는 안 되었다. 이들은 힘껏 평화운동을 벌여나갔다.

종률은 전쟁을 그만두어야 한다는 글을 쓰고 강연을 했다. 사람들과 힘을 모아 '정전과 평화운동 열성자 모임'도 열었다. 역시 일본에 맞서 싸웠던 독립운동가들이 많이 참석하였다.

이승만 정권은 전쟁을 멈출 뜻이 없었다. 정전협정을 거부했고 오히려 계속 북진해 올라갈 것을 주장하였다. 전쟁으로 고통받는 국민들은 아랑곳하지 않았다.

"지금 전쟁을 멈추라고 말하는 사람은 빨갱이와 같다."

이승만은 평화를 바라고 주장하는 사람들을 빨갱이라고 몰아붙였다. 빨갱이라는 말은 평화운동을 하는 사람들에게 엄청난 위협이었다. 빨갱이라는 말 한마디로 사람을 죽일 수도 있었다. 앞장서서 평화운동을 하던 박진목도 미군방첩대에 잡혀가 혹독한 고문을 받았다. 거기에다 간첩죄를 덮어쓰고 잡혀가 1년이나 감옥에 갇혀있었다. 평화운동에는 혹독한 위험이 뒤따랐다. 하지만 전쟁을 끝내고 평화를 얻고자 하는 사람들의 참여는 계속되었다.

종률은 부산대학교 정치학과에 강의를 나가게 되었다. 상해 임시정부에서 일했던 신익희가 종률을 추천해 주었다. 평소에 학문을 깊이 탐구하고 정치 감각이 높은 종률에게는 몸에 맞는 옷을 입은 것처럼 딱 맞는 일이었다.

학교에 자리를 잡자 형수는 종률의 결혼을 재촉하였다. 고향을 지키며 여러모로 집안일을 돌봐주던 형수였다. 종률은 형수의 걱정을 저버릴 수 없었다. 아이들을 위해서도 안정된 가정이 필요했다.

종률은 민숙례를 소개받았다. 민숙례는 송교를 깊이 존경했다. 민숙례는 열성적인 실천가였는데, 종률이 송교의 남편이었다는 사실만으로도 신뢰할만하다고 생각했다. 종률이 나이도 많고 아이들도 있었지만 민숙례는 기꺼이 결혼하기로 마음먹었다. 두 사람은 서로에게 부부이면서 동지, 동반자이면서 후원자가 되기로 했다.

종률의 가족은 대신동에 있는 학교관사에서 생활하였다. 관사는 꽤 넓었다. 화단의 나무들은 아름다웠고, 방도 몇 개 있어서 손님들이 와도 괜찮았다. 어느 날 학교가 관사를 모두 팔기로 했다. 종률은 민숙례와 의논 끝에 살던 집을 샀다. 아이들은 이제 더는 옮겨 다니지 않아도 된다고 기뻐했고, 생활하기 좋은 집을 가지게 되어 민숙례도 만족스러워했다.

여고교사였던 민숙례는 독특하고 대범한 성격을 가지고 있었다. 춤과 노래를 좋아했고 활달했으며 장난기도 많았다. 민숙례는 가정에서 중심축 역할을 단단히 했다. 그렇다고 해서 자기 일을 포기하지도 않았다.

한번은 국악원에서 종률에게 축사를 부탁했다. 단기 수업을 받은 학생들의 졸업식이 있었던 것이다. 일찍부터 예술의 소임을 알았고 민족예술인이 존경과 대우를 받아야 한다고 생각해왔던 종률은 기쁜 마음으로 졸업식에 참가하였다. 그런데 졸업생 중에 아주 낯익은 사람이 있었다. 아무리 봐도 자신의 아내처럼 보였다.

'이상하다. 그 사람이 저기 있을 리는 없는데….'

종률은 행사 내내 고개를 갸웃거렸다. 행사 중에 확인할 수도 없어 궁금증을 참고만 있었다. 식이 끝나자 그 사람이 방긋 웃으며 종률에게 다가왔다.

"여보! 놀랐죠?"

"정말 당신이었소? 집안일에 학교 일까지 하느라 시간 내기 힘들었을 텐데 수고 많았소. 그런데 무엇을 배웠소?"

"고전 춤 좀 배워보려 했는데 기간이 너무 짧아 별로 배우지도 못했어요."

"시작이 반이라니까 지금부터라도 계속해서 배우면 되지 않겠소?"

"그나저나 당신 모르게 배워서 깜짝 놀래주려고 했는데 오늘 그만 들통이 나버렸네요. 말 안 해서 미안해요."

"나쁜 일은 상의하고 해도 나쁜 일이고, 좋은 일은 상의하지 않고 해도 좋은 일이니 말 안 한 건 괜찮소."

"그럼 앞으로도 좀 더 해볼까요?"

"좋지요. 내가 충실한 학부형이 되겠소. 하하."

두 사람은 마주 보며 웃었다.

대신동 생활은 종률에게 안정감과 즐거움을 주었다. 종률이 처음으로 누려본 여유 있는 생활이었다.

종률은 열심히 공부하고 열심히 가르쳤다. 부산대학교와 동아대학교의 많은 학생들이 종률의 정치학 강의를 들었다.

"봉건제를 주체적으로 극복하고 자본제 사회를 형성한 서구를 선진성 지역이라고 할 수 있습니다. 그보다 늦은 러시아를 근선진성 지역, 중국을 중진성 지역이라고 할 수 있습니다. 한국 사회는 봉건제와 자본제가 함께 있습니다. 발달 단계로 보아 후진성 지역입니다. 봉건제를 극복하고 자본제를 형성하기 전에 제국주의 침략을 받은 결과입니다. 후진성 지역에서는 제국주의 침략과 수탈 반대, 외국자본과 결탁하여 자국의 이익을 해치는 매판자본 반대, 낡은 봉건제의 의식과 제도 반대, 이것이 운동의 핵심입니다. 반외세, 반매판, 반봉건. 3반은 자주적이고 민주적인 발전을 위한 운동입니다."

자신의 실천을 바탕으로 생생하게 펼쳐놓는 그의 강의는 학생들의 높은 공감을 얻었다. 식민지에서 벗어나자 다시 전쟁을 겪는 이 나라에서 어떤 삶을 살아야 할지 고민하던 학생들은 종률의 강의실로 몰려들었다. 강의실에는 학생들이 넘쳤다. 수강신청을 하지 않은 학생들도 들었고, 고등학생들이 강의실에 앉아 있기도 했다. 학생들은 집으로도 찾아와 질문을 하고 이야기를 나눴다.

전쟁이 멈추고 분단 상태는 단단히 굳어져 버렸다.

"이승만 정권이 반공 이데올로기를 무기로 국민을 탄압하니 민주주의와 민족자주를 바라는 사람들은 숨쉬기도 힘들게 되었어. 그렇지만 아무것도 않고 엎드려 있을 수만은 없지 않겠나."

종률은 부산대와 동아대에서 자신의 강의를 들었던 가까운 제자들과 모임을 만들었다. 모임 이름은 '민족문화협회'라고 정했다. 민족문화협회 회원들은 비밀스럽게 모임을 해나갔다.

종률의 집은 시내와 가까워 활동하기에 편리했다. 하지만 종률은 점점 힘겨움을 느꼈다.

"여보. 북적이는 도심 생활이 너무 견디기가 어렵소. 농사를 지으며 살아야 숨통이 좀 트일 것 같은데… 이 집을 팔고 한적한 동래 수곡으로 가면 어떻겠소?"

"불편하지 않겠어요?"

"학교도 장전동으로 이전해서 이곳이나 그곳이나 마찬가지요."

"당신이 괜찮다면 나는 찬성이에요."

민숙례는 흔쾌히 대답했다.

"얘들아! 너희들 생각은 어떠냐?"

"거기도 여기처럼 예쁜 나무들이 있어?"

"글쎄다. 가봐서 없으면 심자. 그러면 되겠니?"

1956년 가을이었다. 맑은 하늘엔 한가로운 구름이 떠 있고 새들이 우짖는 동래 수곡으로 이사를 했다. 동래온 천과 멀지 않은 곳인데도 한갓진 시골처럼 조용하고 맑은 곳이었다. 이사를 하자마자 아이들은 밤과 감을 따느라 신나게 돌아다녔다.

종률은 간절하게 바라던 생활을 하게 되어 정말 만족 하였다. 민숙례는 다니던 학교를 그만두고 힘든 농사일을 하였다. 괭이로 이랑을 만들고 똥으로 거름을 만드는 일 을 기꺼이 하였다. 흰 얼굴 흰 손은 금방 그을고 거칠어졌 지만 민숙례는 개의치 않았다. 해본 적도 없는 일을 척척 해냈다. 아이들도 일을 도우며 즐겁게 생활했다. 함께 힘 을 모아 땀 흘리며 일하는 생활로 가족들을 더욱 친밀해 졌다. 고구마, 감자를 캐고 무, 배추를 거둘 때 종률의 마 음은 더없이 평화로웠다.

동래 수곡으로 온 종률은 언론 일도 활발하게 하였다. 종률은 국제신보와 부산일보 논설고문을 맡아 신문에 많 은 글을 실었다. 특히 대표적인 지역 언론이었던 국제신 보에는 '수요산언'과 '백만 독자의 정치학'이라는 고정 칼

럼을 실었다. 학생들뿐 아니라 일반 시민들에게도 정확한 정치상황을 알리기 위한 것이었다. '수요산언'은 정치 현안에 대한 시사 칼럼이었고, '백만 독자의 정치학'은 정치를 알기 쉽게 설명하는 글이었다. 독자들은 신문을 통해 종률의 강의를 듣는 셈이었다. 그는 영향력 있는 필자들이 신문사에 많이 들어올 수 있도록 힘썼다. 소설가 이병주도 그의 추천으로 논술위원으로 활동했다. 종률은 대구의 영남일보의 논설위원과 편집국장을 맡기도 했다.

　동래 수곡에는 자주 사람들이 놀러 왔다. 다투어 피는 꽃을 구경하고 밀밭에서 밀도 구워 먹었다. 입기기 시커멓게 된 얼굴을 마주 보며 웃어댈 때는 잠깐이나마 세상 걱정을 잊기도 했다. 사람들은 종종 저녁이 되어도 가지 않고 어울려 놀았다. 손님들이 늦게까지 있는 날이면 아이들은 으레 음악회를 열었다.

　"자! 이번에는 우리 엄마의 춤솜씨를 보겠습니다."

　민숙례는 태연하게 나와 고전 춤을 빙그르르 둥실 춰 보였다.

　"다음은 음치 아빠의 노래가 있겠습니다."

　종률은 즐겨 '박연폭포'를 불렀다. 그의 노래 실력은 언제나 사람들을 웃게 했다.

　어느 날이었다. 종률의 집무실로 학생 한 명이 찾아왔다.

"교수님. 공부를 하고 싶은데 사정이 너무 어렵습니다. 차라리 북으로 가는 것이 낫지 않겠습니까? 거기는 공부가 무료라고 하니 말입니다."

제자 배다지였다. 종률은 말없이 지켜보다가 입을 열었다.

"이보게, 배군. 정치학도가 할 일은 남쪽에 있는데 왜 가려 하는가? 그러지 말고 동래 수곡 우리 집으로 가게. 우리 집에서 한참 더 올라가면 조그만 집이 있네. 거기서 누가 도배를 하고 있을 테니 서로 인사 나누고 이제부터 같이 지내게."

종률은 집 뒤 산비탈에 있던 조그만 집을 '천하정'이라 이름 지었다. 돈은 없고 공부에는 목마른 제자들이 모여들었다. 천하정은 종률이 모은 책으로 가득 차 있었다. 제자들은 물 만난 고기들처럼 읽고 또 읽었다. 김상찬, 배다지, 하상연, 조현정, 이영석 같은 제자들은 천하정에서 함께 지내며 열정적으로 토론하였다. 종종 종률이 들러 학교 강의에서 못한 깊은 이야기를 들려주었다.

천하정의 규칙은 간단했다. '공부 안 할 때는 일을 한다. 공부할 때는 바빠도 일하지 않는다.' 이게 다였다. 종률부터 공부하지 않을 때는 일을 했다. 콩밭에서 풀을 뽑고 똥장군을 지고 거름을 날랐다.

어느 여름날이었다.

"배군. 화장실 문이 삐걱거리더군. 못 통 좀 가지고 오게.”

종률이 포구나무 그늘에 있던 제자에게 말했다. 종률은 못질 두어 번으로 화장실 문을 고쳤다. 못 통을 갖다 놓으려던 제자가 돌부리에 걸리는 바람에 못 하나가 떨어졌다. 제자는 못을 주우려다가 구부러진 걸 보고 그만두었다.

“배군. 휘어진 못도 바루어 쓰면 귀중하게 쓰일 수 있네. 석여금 용여수 해야 하네. 아낄 것은 금과 같이 아끼고 써야 할 자리에는 물과 같이 써야 하지. 조국을 위해 살아갈 사람의 씀씀이는 그렇게 엄격해야 하네.”

가슴에 못이 박히는 듯한 말이었다. 천하정 제자들은 그런 가르침을 가슴에 새기고 시간이 흘러도 잊지 않았다.

그 제자들은 모두 민족문화협회의 핵심 회원이었다.

이승만 정권은 반공 이데올로기를 무기로 사람들의 활동을 옭아매었다. 자신들의 뜻에 거슬리면 공산주의자로 모는데 거침이 없었다. 그런 탄압을 피하기 위해 ‘문화’라는 이름이 필요했다. 민족문화협회 일은 겉으로는 문화행사처럼 보였다. 하지만 실제로는 민족의식과 통일의지를 높이는 정치적인 행사였다.

민족문화협회는 처음에는 비밀스럽게 시작했다. 하지만 곧 공개적이고 대중적인 모임으로 바뀌었다. 민족문화협회는 꾸준히 강연회를 열어 시민들이 참여할 수 있도록 했다. 자주의식을 주제로 ‘추사 김정희 및 하이네, 슈만 100

년제의 밤'을 열었다. 민족의식을 높이기 위해 '민족문화인의 밤'을 열어 항일 민족시를 낭송하고 노래했다. '3·1 독립 선언서와 2·8 독립 선언서 비교연구'도 강연 주제였다. 민족문화협회의 참여자는 점점 늘어났다. 최종식, 김정한, 이주홍을 비롯한 많은 지식인이 강연자로 참여하였다.

동래 수곡 생활로 종률은 부산에 완전히 정착하였다. 안정된 가정을 이루었고, 학문적인 구심을 만들어내기도 했다. 부산은 종률에게 고향만큼 중요한 터전이 되었다.

7. 3·4월 민족항쟁과 민족통일운동

"공명선거 행하라!"

1960년, 이승만 단독정권 유지를 위한 부정선거를 막아내려고 온 나라가 들썩였다. 2월 28일 대구에서 시작해서 3월 5일은 서울, 8일 대전, 10일 수원, 12일과 14일 부산의 학생들이 일어났다. 전국의 학생들이 거리로 나서서 부정선거를 반대하며 힘껏 외쳤다. 그런데도 3월 15일 대대적인 부정선거가 벌어졌다. 그날 마산 학생들은 밤까지 구호를 외치며 거리 시위를 했다. 부정선거를 규탄하는 학생들에게 경찰은 총탄을 겨누었다. 그날 하루만 열 명의 학생들이 경찰의 총에 맞아 피를 쏟고 쓰러졌다.

"마산 사건은 공산당의 부추김으로 일어난 일이다."

이승만 정권은 거꾸로 학생들을 모함했다. 죽은 학생의 주머니에 공산주의 선전물을 넣어두기도 하였다. 학생들과 민주시민들의 분노는 분화구처럼 들끓기 시작했다. 정권을 놓지 않으려고 온갖 부정과 폭력을 저지르던 이승만을 더는 두고 볼 수가 없었다.

3월 24일엔 부산고등학교 학생들이, 3월 25일에는 부산동성고등학교 학생들이 시위를 벌여 마산의 기세를 이어나갔다. 4월 11일에 최루탄에 맞은 김주열 학생의 주검이 마산 앞바다에 떠올랐다. 마산에서는 4월 12일, 13일 이틀 동안 학생들과 시민들이 항쟁하였다. 이때 또다시 학생 한 명이 총탄에 맞아 쓰러졌다. 4월 18일에 부산 동래고등학교 학생들이 '이승만 정권 물러서라', '살인 경관 엄단하라'는 현수막을 들고 동래읍에서 부산 도심지까지 시위행진을 하였다. 서울에서도 고려대학교 학생들이 시위를 하다가 죽음을 당하였다.

드디어 4월 19일, 전국적인 항쟁이 벌어졌다. 서울에서, 광주에서, 대구에서, 부산에서 대학생과 고등학생, 중학생과 초등학생들까지 거리 시위를 벌였다. 그들은 물러서지 않았다. 서울에서는 18일과 19일에 죽은 사람이 147명이나 되었다. 광주에서 7명, 부산에서 15명이 죽었다. 젊고 어린 사람들의 피로 나라가 얼룩졌다. 항쟁은 계속되었다. 20일엔 대구와 전주에서, 22일에는 군산에서, 24일에는 전주와 충남 홍성군에서 항쟁이 이어졌다. 전국의 학생들이 일어났고, 학교를 못 다니는 가난한 청년들과 시민들까지 이승만 정권을 반대하는 시위에 나섰다.

민족건양회 모임이 열렸다.

"우리 학생들과 민족 청년들을 더 이상 이승만 손아귀에 몰아넣을 수 없습니다."

"이 시점에서는 무엇보다 교수들이 나서야 합니다. 그 것마저 효과가 없다면 전국의 학부형들이 총궐기하여야 합니다."

"학생 청년들의 희생이 더는 일어나지 않도록 막아야 합니다. 이승만 대통령과 이기붕 부통령을 하야하게 해야 합니다. 서울 교수단 데모를 조직합시다."

"그렇습니다. 전국 대학교수들도 시위에 참여하도록 조직합시다."

"장기적인 과제도 생각해야 합니다. 8·15 이후에도 전위당이 필요했으나 그럴 여력이 되지 않아 만들지 못했지요. 이제 그런 당을 만들 때가 되었습니다. 노동, 농민, 문화, 청년 등 각 방면의 대중운동도 조직해야 합니다. 당과 대중조직을 연결하여 통일운동의 주도세력으로 만들어가야 합니다."

"맞습니다. 지금의 투쟁은 단순히 선거부정 반대만을 위한 것이 아닙니다. 반민주적이고 반통일적인 권력에 저항하기 위한 것입니다. 지금이야말로 사회변혁의 계기입니다. 반민족적 정치 상황을 뒤바꾸고 통일운동을 벌여나가야 합니다."

4월 21일 목요일에 열린 이 모임을 '4월 목요회의'라고 하였다.

교수들은 결의한 대로 4월 25일 서울에서 시위를 벌였다. 대학교수들이 시위를 벌인 것은 처음 있는 일이었다.
이날은 김주열 학생의 고향인 남원과 춘천에서도 시위가
벌어졌다. 다음날도 서울, 충남 공주, 부산, 대구, 경북 포
항, 김천에서 학생들과 시민들의 시위는 계속되었다. 부
산에서는 100여 명의 교수들이 시위를 벌였다.

　마침내 이승만은 대통령 자리에서 물러났다.

　"178명이나 되는 고귀한 별들이 희생되었네."

　제자들과 마주 앉은 종률이 무겁게 입을 열었다.

　"이승만은 부정선거뿐만 아니라 더 큰 악행을 저질렀습
니다. 거기다가 학생들과 시민들의 가슴에 총을 겨누었습
니다."

　"겨우 이승만 한 사람이 물러나는 것으로 죽어간 넋들
을 위로할 수 있을까? 이승만 체제는 그대로 유지되고 있
네."

　"안타깝게도 그렇습니다."

　"이승만 체제는 그대로 두고, 학교로 일상으로 돌아가
는 것은 성스러운 피 값을 포기하는 것과 다름없네. 그럼
에도 그럴 수밖에 없는 가장 큰 이유가 무엇이겠나."

　"말씀해주십시오."

　"항쟁의 성과를 담당하고 지속해갈 정당조직도 대중단
체도 없기 때문이네. 그러니 모두 뿔뿔이 일상으로 돌아
갈 수밖에. 민족건양회는 4월 목요회의에서 전위당과 각

방면의 대중조직을 만들어야 한다고 논의했네. 이제 그 실천을 해야 할 때라네. 자네들은 청년조직을 만들면 어떻겠나. 전위당과 대중조직이 함께 일하려면 청년조직이 그 중심 역할을 맡아야 하지 않겠나."

민족문화협회의 핵심 회원인 제자들은 3·4월 민족항쟁에도 적극적으로 참여해왔다. 제자들은 종률의 제안을 흔쾌히 받아들였다.

종률은 청년조직 강령을 제안하고, 천하정 제자 김상찬이 결의문을 만들었다. 그 자리에 있던 이영석, 하상연, 배다지, 조현종, 손의현 등 열 명 정도의 제자들은 청년조직의 중요한 씨알이 되었다. 그들은 주변에 청년조직에 대해 적극적으로 알리고 참여를 권하였다.

그해 6월 12일, 부산상공회의소 강당에는 수백 명의 청년들이 모여 청년조직 결성대회를 열었다. 이 대회에서 이름을 민주민족청년동맹으로 결정하고 줄여서 민민청이라 하였다.

민민청이 생기기 전에도 청년단체들은 있었다. 그 단체들은 종종 폭력사태에 동원됐기 때문에 사람들은 청년단체를 깡패집단이라고 생각했다. 그러나 민민청은 어느 정파에도 속하지 않은 진보적 청년조직이었다. 민민청에는 부산지역 청년들이 적극적으로 참여하였다. 그리고 청년과 학생들이 미래 사회를 담당할 민주 역군임을 당당히

밝혔다. 민민청은 '민주적이고 민족적인 인격과 과학역량을 키우며 자주통일을 지향하는 청년운동'을 해나갈 것임을 널리 알렸다. 또 미국과 소련 어느 쪽에도 치우치지 않는 독자적이고 중립적인 입장을 가지고 있었다.

사람들은 4·19가 있은 지 두 달도 안 되어 몇백 명의 회원을 가진 청년조직이 나타나자 놀라워했다. 민민청은 새로운 바람을 일으키며 관심을 모았다.

이승만이 하야한 후, 7월 29일 총선거가 있었다. 사람들의 가슴은 기대로 부풀어 올랐다. 민주적인 정치 공간이 열리고 통일에 대한 논의가 활발하게 터져 나왔다. 이승만 정권의 단독정부 수립에 반대했던 재야 정치인들과 진보적인 지식인, 진보당 출신 정치인들이 적극적으로 선거에 나갔다. 이승만 체제를 바꾸고 정치 발전을 이루려고 선거에 출마한 '혁신계' 후보들이었다. 후보들 중에는 종률도 있었다.

종률은 경상남도 참의원 후보로 출마하였다.

"가난 없고 자유 있는 통일 조국 소원이다."

"덜된 혁신 발전시켜 옳은 혁명 완수하자."

종률은 선거유세를 통해 가난과 불우한 현실이 분단 때문임을 알리고 정치운동으로 현실을 바꾸자고 주장하였다.

종률의 선거운동에는 제자들이 많이 참여했다. 종률의

뜻에 공감하는 많은 청년들도 자원봉사자로 활동했다. 선거운동이 진행될수록 자원봉사자들의 수가 늘어나고 결속력도 커졌다. 또 이들의 정치의식도 점점 높아졌다.

그러나 현실정치의 벽은 매우 높았다. 종률은 선거에서 떨어졌다. 총선거에서 종률만이 아니라 진보진영 후보들은 대부분 떨어졌다. 의지는 높았지만 그것만으로 선거에서 이길 수는 없었다. 선거운동에 참가했던 많은 청년 자원봉사자들은 흩어지지 않고 민민청 회원이 되었다. 민민청 조직은 더 커지고 단단해졌다. 그리고 무엇보다 사람들이 통일에 높은 관심을 가지게 되었다. 선거는 졌지만 완전한 실패는 아니었다. 종률은 통일논의가 활기를 띠는 것이 더없이 반가웠다.

민민청의 활동은 대단히 활발했다. 통일운동을 확산시키고 민주화운동을 지원하는데 적극적인 역할을 하였다.

광복 15주년이 되었다. 민민청은 '8·15의 밤'을 개최했다. 음악과 시 낭송, 강연과 무용 등 다양한 문화요소가 어우러졌다. 강연에는 종률과 김정한, 고태국, 최종식 교수가 참여하였다. 광복 후 한국 사회가 문학, 음악, 정치, 경제 측면에서 나아갈 길을 강연하였다. 장기려 박사도 '민족통일과 보건'을 강연하였다. 기념행사에 참여했던 학자들, 예술가들, 대학생과 청년들은 더없이 벅찬 감동을 나누었다.

종륜은 민민청 회원들과 의열단 창립자 황상규 추모제도 열었다. 항일투쟁의 일선에서 한 치도 벗어나지 않았던 황상규를 기억하면서 반제국주의 자주의식을 높이기 위해서였다. 황상규 추모제에는 부산의 민주 인사들이 많이 참석했다. 종륜은 추모제에서 '민족 자주적이며 평화적인 국토통일', '평화통일 서신 왕래 물물교환'의 내용이 들어있는 인쇄물을 나눠주면서 '민족자주통일협의회'를 창립할 것을 제안하였다.

10월 30일, 민민청은 창립기념으로 '민족통일대강연회'를 열기로 했다. 회원들은 곳곳에 강연회 포스터를 붙였다. 포스터를 본 사람들은 깜짝 놀랐다. 그렇게 대담한 포스터는 처음이었다. 포스터 안에서는 한반도를 가로지르는 휴전선을 뚫고 남과 북 양쪽의 손이 악수를 하고 있었다.

주홍모, 조동필, 최종식, 김정한 교수가 참여해 민족통일이 얼마나 절박하고 시급한지 강연하였다. 그 자리에서 강연을 들은 사람은 1000명이나 되었다.

강연이 끝나고 민민청은 사람들에게 통일방안을 묻는 설문조사를 벌였다. 설문조사는 막연하게 통일을 바라던 사람들이 통일에 대해 구체적으로 생각해볼 수 있는 기회가 되었다.

서울에는 '암장' 모임이 있었다. '땅속 깊은 곳에 뜨겁게

녹아있는 마그마'란 뜻으로 이수병과 그 친구들이 만든 작은 모임이었다. 암장이 부산에서 강연회를 하려고 했다. 민민청은 암장의 강연회 준비를 열심히 도왔다. 종률도 그 강연을 보러 갔다. 종률은 이수병의 강연을 보고 깊은 인상을 받았다. 이수병은 부산대를 졸업하고 다시 경희대를 다니고 있는 학생이었다.

민민청은 더 많은 활동을 위해 중심조직을 서울로 옮기려고 하던 참이었다. 종률은 암장 회원들이 민민청에 들어오면 큰 힘이 될 거라고 판단했다. 종률은 제자들에게 암장이 민민청에 들어오도록 힘을 들이라고 하였다. 제자 하상연은 이수병의 거처에서 함께 먹고 자면서 같이 일하자고 설득하였다. 암장 회원들이 민민청의 방향에 동의하고 가입하였다. 민민청은 서울로 중심조직을 옮기고 경북조직도 만들었다. 대구 경북지역 청년계의 중심인물이었던 서도원, 도예종, 송상진이 경북조직의 핵심 역할을 맡았다. 이들은 종률의 정세 분석에 적극적으로 동의하였고 민민청을 확대하는 일에도 함께 힘을 보탰다. 민민청은 점점 확대되어 전국적인 청년조직이 되었다.

종률은 진보적이고 통일을 지향하는 모든 세력을 포함하는 조직을 구상하였다.

"정당과 사회단체, 개인이 다 참여할 수 있는 새로운 조직, 통일운동을 본연의 임무로 하는 새로운 형식, 새로운 내용의 조직, 그런 조직이 있어야 한다. 민족자주통일, 민자통 중앙과 지방협의회를 만들어야 한다. 그것이 지금할 일이다."

종률은 민족자주통일 협의회를 만들기 위해 본격적인 활동을 시작하였다. 종률은 독립운동을 했던 사람들, 종교인, 교수, 그 외 많은 사람을 적극적으로 만나 새로운 조직을 만들자고 제안하였다. 사람들은 제안을 받아들이고 힘껏 지원하겠다고 나섰다. 천도교계 쪽의 박래원, 항일운동가 김창숙은 특히 두터운 신뢰를 보냈다. 통일논의를 중심으로 선거에 참여했던 혁신계 후보들도 모이기 시작했다. 민자통 결성 준비는 활발하게 이루어졌다. 준비위원만 1000명이 넘었다. 민족건양회와 민민청이 결성 준비에서 큰 역할을 하였다. 종률은 민자통 통일논책심의위원 직책을 맡기로 하였다.

8. 민족일보와 수감생활

1960년이 끝나갈 무렵이었다. 종률은 겨울방학 동안 서울에서 지냈다. 민자통 결성을 준비하느라 할 일이 많았다.

종률은 찻집에서 오랜만에 친구 신용순을 만났다.

"조용수라는 이를 아는가? 젊고 훌륭한 친구라네. 그런데 그 친구 때문에 내가 지난 총선거에서 떨어졌어. 그 친구의 선택이 안 좋았어. 다른 곳에서 나왔더라면 나도 되고 그 사람도 됐을 텐데, 둘 다 떨어져 버렸으니…."

신용순이 종률에게 말했다.

"처음 들어보는 이름이군."

"그럼 내가 소개해주지. 마침 이 찻집에 와 있으니까."

신용순은 종률에게 조용수를 소개해주었다. 조용수는 얼굴 표정과 말투와 태도가 공손하면서도 분명했다. 틀림없이 좋은 인재라는 생각이 들었다. 그 뒤로 종률과 조용수는 여러 번 만나 많은 이야기를 나누었다.

어느 날, 조용수가 종률에게 진지하게 부탁하였다.

"제가 신문사를 하나 경영해볼까 하는데 도와주시면 좋겠습니다."

"좋은 신문을 내시려 하면 적은 힘이나마 도와야지요. 어떤 신문을 하시렵니까?"

"혁신계 정치신문을 해볼까 합니다."

"저는 민족적인 신문을 만들고 싶은 생각이 있습니다. 그런 신문을 하게 된다면 학교 강의도 그만두고 힘을 보 탤 생각입니다."

종률은 조용수와 여러 차례 신문사에 대한 의견을 나누 었다. 뜻이 완벽하게 맞지는 않았다. 그러나 종률은 조용 수의 청년다운 패기와 열정에 감복했다. 또, 언론인으로 서 민족의 발전에 도움이 되고 싶은 마음이 컸기 때문에 신문사 일을 하겠다고 결심을 굳혔다.

1961년 1월 어느 날이었다. 종률은 집으로 돌아와 자신 의 결심을 이야기하였다.

"여보. 한반도의 분단을 종식시키고 조국통일을 앞당기 기 위해 좀 더 적극적으로 일하려고 하오. 학교를 그만두 고 신문사 일을 해야겠소. 얘들아. 아버지가 가난 없고 자 유 있는 통일 조국을 이루는 데 도움이 되고 싶어 그런단 다. 너희들이 이해해주면 좋겠구나."

"학교를 그만두면 집안 생계는 어떻게 하실 생각입니 까?"

"내가 서울로 가면 우리 가정에 어떤 역경이 올지 모르 겠소. 하지만 고생을 이겨내는 것도 조국통일을 위한 투쟁이 될 것이오. 서울서 공부하는 큰아이가 부산에서 영어교사를 하면 될 거요. 신문사도 조금의 월급은 줄 터이니 그냥그냥 살아갈 수 있지 않겠소."

종률은 아이들과 아내의 걱정을 덜어주려고 했다. 하지만 민숙례의 얼굴에는 걱정이 가득 차 있었다.

동료 교수들의 반대도 만만치 않았다.

"학문하는 사람이 언론인으로 전락해서야 되겠습니까?"

"배가 풍랑을 맞아 침몰 직전인데 책만 들고 있을 수는 없지요. 학교는 학교 밖을 위해 있을 때 진정한 의미가 있다고 생각합니다."

종률은 뜻을 꺾지 않고 동료들에게 자신의 생각을 설명했다. 종률은 학생들이 피 흘리던 3, 4월부터 학교를 그만두고 일할 생각이 있었기 때문에 휴직이 아니라 아예 퇴직을 하였다.

종률의 가장 큰 걱정은 형수의 반대였다. 어린 날 자신의 집으로 시집와서, 어른들과 남편, 아이까지 잃은 채 오로지 시동생 종률과 동서인 민숙례, 여섯 명의 조카들 걱정을 하며 살아가는 형수에게는 쉽게 말을 꺼내기가 어려웠다. 종률의 네 아이는 형수의 양자, 양녀로 되어있는데다 동래 수곡도 형수의 땅이었다. 종률은 생각 끝에 형수에게 편지를 썼다.

"형수님. 제가 학교를 그만두고 서울에서 새로 준비하는 신문사에 취직하려고 합니다. 자세한 말씀은 다음에 만나서 하겠습니다."

다른 때 같으면 '형수님 생각은 어떠십니까?' 하고 뜻을 물었을 것이다. 그러나 이미 생각을 굳힌 데다 형수는 틀림없이 아내와 아이들의 편을 들 테니 자신의 뜻을 단단히 전하는 수밖에 없었다. 종률은 간단한 가방 하나를 들고 집을 떠났다.

서울로 간 종률은 신문사 준비에 박차를 가했다. 신문사에서 일하는 여러 선배를 만나 조언을 듣고 편집국을 어떻게 꾸릴 것인지 계획을 세웠다. 신문 이름을 무엇으로 할 것인지 여러 차례 토론도 하였다. 대중일보와 민족일보 두 가지 의견이 팽팽했다. 드디어 종률이 제안한 '민족일보사'라는 이름으로 회사를 등록하였다. 조용수가 종률에게 등록 서류를 보여주었다. 조용수가 대표이사로 되어 있고 이사에 몇 사람의 이름이 있는데 종률의 이름도 들어가 있었다. 종률은 자신이 이사로 되어있는 것이 싫었다. 종률은 높은 지위에 대한 욕심이 전혀 없었다. 언제나 대들보나 초석이나 필요한 것은 마찬가지라는 생각으로 일해왔던 종률이었다. 맡은 일에 대한 직책은 필요하지만, 그 이상의 지위를 가지는 것은 거북했다. 하지만 그런 일까지 따지기는 번거롭고 바빴으므로 종률은 참기로 했다.

민족일보사 준비는 차근히 되고 있었지만 종률과 조용수 사이는 조금씩 틈이 생겼다.

종률이 보기에 조용수는 좋은 사람이었지만, 그가 데리고 오는 사람들과는 맞지 않았다. 종률은 애초에 민족론 방향으로 필진을 짜려 했지만 조용수가 짠 필진은 사회당, 통일사회당과 관련 있는 사람들이었다. 편집국, 논설위원도 마찬가지였다. 시험을 치러서 뽑는 기자들까지 편법을 써서 사회당과 관련 있는 사람들을 뽑았다. 종률이 추천하는 사람들은 퇴짜를 맞았다. 성실하지 못해 탐탁지 않게 생각했던 사람들도 신문사 직원으로 채용되었다. 조용수는 처음 신문사를 같이 시작한 종률의 말보다 사회당 사람들의 의견을 더 많이 들었다.

민자통에서도 비슷한 일들이 있었다. 민자통은 종률의 구상으로 시작되었고, 종률과 관계가 깊은 민족건양회와 민민청의 적극적인 참여와 지원으로 만들어졌다. 그런데 사회당이 민자통에 들어오면서 종률의 생각과는 약간씩 다르게 일이 진행되었다.

"민자통이 진보적인 세력들만 모이는 조직이어서는 안 돼. 자주적인 평화통일을 원하는 사람이나 단체는 모두 함께해서 극우 반민족 세력을 고립시켜야 해. 하지만 점점 혁신 진보세력들의 결집체처럼 되어가고 있어. 너무

급진적이라고 생각하는 사람과 단체들이 탈퇴하는 일도 있고….”

1961년 2월 25일 민자통이 정식으로 창립할 때는 처음 준비할 때보다 종률의 영향력은 줄어들었다.

민족일보사의 편집국장이었지만 종률에게 신문 지면을 짜는 일은 하루도 주어지지 않았다. 사명감을 가지고 시작한 신문사였지만 더 이상 같이 할 이유가 없었다. 종률은 신문사를 그만두기로 마음먹었다.

“조형. 나는 내일부터 신문사를 그만두겠습니다.”

“이 교수님. 뭐라고 드릴 말씀이 없습니다. 창간호도 나오기 전에 편집국장이 바뀌면 주변에서 말들이 많을 테니 창간호가 나올 때까지만 남아주십시오.”

종률은 그러겠다고 하였다. 학교까지 그만두고 신문사 일을 하려던 걸 아는 사람들은 종률을 딱하게 여겼다.

“사회당, 통일사회당 사람들과 손잡고 신문사에 남는 것이 생활을 위해서도 낫지 않겠나?”

“우리 사회에 사회주의 혁명론은 맞지 않네. 신문사에 남으려고 과학적이지 못한 방향을 따라갈 수는 없어. 그러고 싶지 않네.”

종률은 자신의 생각을 솔직하게 말했다.

1961년 2월 13일, 민족일보의 첫 신문이 발행되었다.

민족일보의 창간호는 내용과 형식이 모두 종률의 마음에 맞지 않았다.

"조형. 수고했습니다. 창간호가 나왔으니 이제 그만두 겠습니다. 이사에서도 이름을 빼주시오."

"이 교수님. 다음에 조용한 기회에 사과드리겠습니다."

종률은 새 편집국장을 뽑을 때까지 조금 더 기다린 뒤 민족일보를 완전히 떠났다. 며칠 후 신문에는 편집국장에 종률 대신 다른 사람 이름이 박혀있었다.

신문사를 그만둔 종률은 아닌 게 아니라 처지가 딱했다. 퇴직을 했으니 학교로 돌아갈 수도 없었다. 종률은 강의 나갈 학교를 알아보면서 계속 서울에 머무르고 있었다.

5월 16일 새벽. 갑작스러운 총성이 울렸다. 군인 박정 희가 쿠데타를 일으킨 것이었다.

"그들이 말하는 대로 혁명일 때는 훗날 높은 찬사의 꽃 다발을 받게 되겠지만, 쿠데타라면 역사가 엄정한 죄를 묻게 되겠지."

종률은 이미 발생한 일이 올바른 방향으로 가기를 진심 으로 바랐다. 하지만 종률의 기대는 허황한 것이었다. 18 일부터 곧장 검거 바람이 불기 시작했다. 미친 듯이 사나 운 바람이었다. 단체와 정당에 관련된 사람들은 마구잡이 로 끌려 들어갔다. 민족일보사 관계자와 민자통 중앙협의 회, 민민청 관련자들도 마구 검거되었다.

종률은 치안국 형사의 손에 체포되어 취조를 당했다. 종률은 형사가 묻는 것은 있는 그대로 솔직하게 대답하였다.

"이 교수님. 제가 한 말씀 하겠습니다. 부디 민족주의를 버리시기 바랍니다. 민족주의를 하시면 대한민국에도 해롭고 교수님에게도 해롭습니다."

형사가 안 됐다는 듯이 충고를 하였다.

"그러면 민족주의 말고 사회주의나 공산주의를 해야 합니까?"

"아무 주의도 가지지 마십시오. 민족주의는 미군이 물러나라고 주장하니 빨갱이 세력을 돕는 일이 아니겠습니까?"

"민족주의를 버리면 밖에서는 국제침략 세력이 들어오고 안에서는 또다시 6·25 같은 전쟁이 일어날 것입니다."

종률의 생각은 분명했다.

취조가 끝나고 종률은 유치장에 수감되었다. 유치장에는 종률이 아는 사람들이 많이 갇혀있었다. 조용수도 그 자리에 있었다. 종률과 생각은 달랐지만 조국을 위한 헌신성이 누구보다 높은 사람이었다.

다음날 종률은 다시 치안국 분실로 불려갔다.

"이 교수님. 제가 최대한 편의를 봐 드리려고 했는데… 어제 왜 거짓말을 했습니까?"

"나는 거짓을 말하지 않았습니다."

"우리가 다 알아봤습니다. 전과를 왜 속였습니까?"

"전과를 속이다니 무슨 말입니까?"

형사는 종이를 꺼내놓고 해방되기 전 종률이 유치장과 형무소에 갔던 기록을 줄줄이 읊었다.

"아니, 내가 한 일이 사기, 횡령, 강도, 절도 같은 파렴치한 행위입니까? 일본제국주의에 반대하고 민족 독립을 위해 활동한 것이 문제가 됩니까?"

종률은 참담했다. 일제에 항거하여 독립운동을 했던 것이 대한민국에서 전과로 취급되는 현실이 서글펐다.

"파렴치 행위는 아니라도 전과는 전과 아닙니까?"

종률의 항의에도 형사는 해방 이전의 전과 기록을 일일이 적어 넣었다. 그러고는 다시 유치장으로 들여보냈다.

체포된 사람들은 자기 신념에 따라 살아왔을 뿐, 어떤 법도 어긴 일이 없었기 때문에 모두 석방될 것이라 믿었다. 그러나 새로 만들어진 '특수범죄에 관한 특별법'에 따라 가혹한 재판이 전개되었다. 뒤늦게 만든 법을 가지고 이전 활동의 죄를 묻는 말도 안 되는 일이 아무렇지도 않게 일어났다.

종률은 5년 구형을 받았다. 민족일보에서 한 달 치 월급을 받은 게 이유였다. 이해할 수도 받아들일 수도 없는 일이었다. 다른 민족일보 관련자들에 대한 구형은 더할 수 없이 무거웠다. 조용수와 몇 사람이 사형을 구형받았다.

며칠 후 선고가 내려지는 날이었다.

"조용수 사형! 안신규 사형! 송지영 사형!…"

줄줄이 사형선고가 내려지자 방청석 사람들은 모두 안타까운 신음을 토해냈다. 종률은 뜻밖에도 무죄 선고를 받았다. 종률은 자신의 무죄가 전혀 기쁘지 않았다. 청년 조용수와 여러 사람이 사형 선고를 받는데 자신의 무죄가 기쁠 리가 없었다. 방청석에서 걱정에 싸인 채 자신을 보고 있는 아내와 딸에게도 굳은 얼굴을 보일 수밖에 없었다.

무죄를 선고 받은 종률은 일주일 만에 석방되었다. 종률은 그 정도로 해결되지는 않을 거라 생각했다. 아니나 다를까 곧 검찰이 다시 종률을 불렀다.

"유치장에서 같이 있었던 양실근이란 자가 5년 선고를 받은 것은 공정하지 못합니다. 바른 재판을 위해 좀 협력하십시오."

검찰은 양실근이란 사람을 사형에 처할 수 있도록 협조하라고 하였다. 협력하지 않으면 종률의 무죄판결을 뒤집겠다는 협박이었다.

"재판은 공정해야지요. 양실근은 어떤 면으로 보더라도 사형은커녕 5년형도 처해서는 안 됩니다."

"교수님이 끝까지 저희 일에 협력할 뜻이 없군요. 좋습니다."

결국 2심 판결에서 검찰은 종률을 민자통 사건으로 추

가 기소하였고, 그 결과 종률에게도 사형이 구형되었다. 방청석에 있던 사람들은 모두 깜짝 놀랐다. 가족은 더 말할 것도 없었다.

"최후 진술을 하시오."

재판관이 말했다.

"내가 부족해서 조국에 큰 도움이 되지는 못했지만 나는 조국을 사랑한다는 자부심으로 지금까지 살아왔습니다. 조국을 사랑하는 자가 온돌 위에서 편안하게 죽지는 못하리라, 각오는 하고 있었습니다. 그러나 이유가 분명하지 않는 죽임을 당하게 되는 것은 유감입니다."

종률은 담담하게 최후진술을 하였다.

'병약한 몸으로 가족과 함께 있는 시간도 포기하며 여기까지 온 나에게 사형이라는 꽃다발이 주어지다니….'

종률은 오히려 웃음이 났다.

종률의 재판은 거기에서 끝나지 않았다. 다음 재판에서는 종률에게 불리한 거짓증언을 했던 사람이 양심의 가책을 느끼고 사실을 털어놓았다. 다시 재판이 열렸다. 종률은 이미 감옥에 있는 상태였다. 가족들은 조마조마한 마음으로 방청석에서 결과를 지켜보고 있었다. 결과는 뜻밖에도 무죄였다. 가족들의 얼굴에 환한 빛이 살아났다. 이번에야말로 종률이 풀려날 것으로 믿었다. 그러나 그것도 끝이 아니었다. 또다시 재판이 열리고 마침내 10년형이 확

정되었다. 종률은 감옥에서 소식을 들었다.

종률은 사형에 비하면 10년 감옥에 있는 것은 힘든 일도 고통스러운 일도 아니라고 생각했다. 하지만 아내와 아이들, 형수를 생각하면 어쩔 수 없이 미안하고 마음이 아팠다. 특히 아내 민숙례에게 앞으로의 고생은 정해진 일이었다.

"10년형이 사형보다는 낫지 않겠소. 그러나 당신이… 고생 많겠소."

종률은 아내를 위로하였다. 아내는 말없이 종률을 보았다.

'아내에게 10년은 사형에 가까울 만치 긴 시간이리라.'

종률도 더 할 말이 없었다. 온 가족을 온전히 책임지면서 남편의 옥바라지까지 하게 된 민숙례를 보는 종률은 미안함과 애틋함으로 가슴이 미어지는 듯했다.

얼마 지나지 않아 조용수는 사형을 당했다. 종률은 조용수의 죽음이 너무나도 안타까웠다. 겨레 일에 열정을 가진 젊은 청년이 다시 돌아올 수 없는 몸이 되는 것보다 더 큰 슬픔이 있을까. 종률은 목이 메고 눈물이 났다. 조용수가 조국의 평화통일을 정치사상으로 가졌고, 그것을 주장했다고 해서 극형에 처하는 조국의 현실을 결코 받아들일 수 없었다. 백번을 양보해도 인정할 수 없는 일이었다.

'조용수! 그 이름에 영예가 있기를, 그 남겨진 가족들에게 위안과 행복이 있기를….'

종률은 뜨거운 마음으로 그렇게 빌었다.

9. 그리운 가족

재판이 다 끝나자 종률은 긴 악몽에서 깨어난 것 같았다. 사형을 면한 것이 요행스럽기도 하고 믿기지 않기도 했다.

"다른 나라에 사는 한국 사람은 '한교'라 하고, 다른 나라에 사는 중국 사람은 '화교'라 한다. 나는 지금 고향의 선경을 떠나 감옥에서 나그네 생활을 하고 있으니 '선교'로구나. 공짜로 남은 생을 얻었으니 '공남'이기도 하고. 공짜배기 남자, 공남! 선교에 공남이라. 이제부터 내 호는 선교공남으로 하겠다. 허허!"

종률은 예전과 같은 열정이 일어나지 않았다. 병들고 나이든 몸은 새로운 의욕을 만들어내지 못했다. 힘들게 살아온 그동안의 생활을 뒤로하고 자연에 묻혀 쉬고만 싶었다.

젊어 전심 애족함은 삶의 의기 자족이요
평생 소졸 병로제대 이도 일종 자족이리
청허장 산수 자족한 길에 내다 내야 걸으리라

한 명의 병졸처럼 맡은 일이 크지 않았지만, 힘닿는 데까지 했으니 이제 그만 제대를 하듯이 그만두고 싶다는 솔직한 심정이었다. 종률은 기력이 아주 약해져 있었다. 종률은 바로 풀려나간다고 해도 5·16정권이 싫어할 일을 할 힘이 없었고, 더 가둬 둔다고 협박을 한대도 5·16정권에 도움 될 마음이 없었다. 종률은 조용하고 무심한 태도로 감옥 생활을 해나갔다. 운동 시간이 되면 밖으로 나가 꽃에 물을 주고 화단을 매는 일만 묵묵히 할 뿐이었다.

더운 여름날, 젊은 친구가 종률에게 말을 걸어왔다.

"교수님. 물주는 일 이제 그만하십시오. 자기를 잡아 가둔 감옥에 있는 꽃에 물을 준다고 사람들이 뭐라고들 합니다."

"허허. 그래요? 뭐라고들 하게 내버려 둡시다."

종률은 아무렇지도 않다는 듯 대답하였다.

"이 선생님은 오나가나 참으로 성실하게 생활하십니다."

서울교도소에 같이 있던 소설가 이병주는 종률의 그런 모습을 높이 샀다.

"이 선생님. 어쩌면 우리가 여기 들어와 있는 것이 다행인지도 모릅니다. 밖에 있었더라면 자동차 사고로 죽게 되었을지도 모르지 않습니까? 하하하!"

이병주가 농담을 덧붙였다.

"그렇게 생각하는 게 현명합니다. 인간만사 새옹지마라는 말도 있으니까요. 하하하!"

종률도 웃으며 대답했다.

얼마 지나지 않아 종률은 마포교도소로 이감되었다. 일제 때 장기수들이 갇혀있던 곳이었다. 여러 군데 갇혀 보았지만 그곳은 처음이었다.

이감 가서 얼마쯤 지났을 때였다. 아내가 면회를 왔다. 아이들과 집안일을 이야기하던 끝에 아내가 말했다.

"정부 일에 협력하겠다는 사람은 내보내 준다는 말이 떠돌고 있어요. 장모 씨가 여기저기 감방을 찾아다니며 협력을 권하고 있대요. 벌써 몇몇 선생한테는 출감하면 협력하겠다는 내용의 원고를 부탁했다고 해요. 당신도 대상자라는 말이 있어요."

"임시정부에서 일했고 국회의원까지 지낸 사람이 박정희와 내통해서 그런 짓을 하다니…."

종률은 설사 교수대에서 바로 죽게 된다고 하더라도 모양 없이 넘어지고 싶지 않았다. 당황하지도 허둥대지도 않고 똑바로 죽고 싶었다. 종률은 결단코 쿠데타 세력에는 협력할 뜻이 없었다. 종률은 자신의 마음을 꼭꼭 눌러 썼다.

넘어진 모습에도 격은 역시 있으려든
강남이 그리운들 검정새야 될까 보냐
빗소리 젖으며 조는 백로 곧 날 청천 꿈이 맑네

　종률은 마포교도소를 공덕동 방이라 불렀다. 종률이 공덕동 방에 있는 동안 가족들의 생활은 점점 더 어려워지고 있었다. 빚을 갚느라 토지 중 제일 값나가는 부분은 팔았고, 사기꾼에게 땅 일부를 빼앗기도 하였다. 학교에 다니는 아이도 여럿이어서 돈은 언제나 모자랐다.

　종률도 돈이 필요하였다. 병 때문에 약을 먹어야 했고 감옥 음식만으로는 턱없이 부족한 영양도 채워야 했다. 아내는 어떻게든 돈을 마련해서 보내 주었지만 액수는 갈수록 줄어들었다. 면회 올 때마다 아내의 얼굴에는 가난의 흔적이 점점 짙어졌다. 종률은 미안한 마음을 달랠 길이 없었다. 종률은 돈을 안 쓰기로 마음먹었다. 종률은 위태로운 몸을 지키는 데 꼭 필요한 우유를 제외하고는 다른 음식은 사 먹지 않았다. 종률의 마른 몸은 점점 더 말라갔다. 가족들은 왜 돈을 안 쓰냐고 걱정했지만 종률은 견딜만하다고 안심시켰다.

　책만은 포기하기 힘들었다. 종률은 아내가 보내주는 돈을 모아 책을 사서 보았다. 종률이 사는 책은 심리학 사전, 문학 사전, 음악 사전, 독일어 사전, 에스페란토어 사전, 국사 대사전, 일본사 사전 들이었다. 사전을 사는 데는 이유가 있었다. 감옥에서는 책을 여러 권 가지고 있을 수가 없었다. 권수를 제한했기 때문이었다. 하지만 사전은 그런 제한이 없었다. 사전은 글을 쓰거나 공부할 때 필요하기도 했지만, 언제나 곁에 놓고 볼 수 있어서 더욱 좋았다.

종률은 책을 마련할 때마다 아내에게 미안하고 고마웠다. 가난한 집에서 봄에는 밭은 갈고 가을에는 추수하느라 고생하면서도 아내는 종률을 원망하기는커녕 오히려 힘닿는 대로 지원해주었다. 종률은 자신이 힘들수록 자신의 가족을 새롭게 발견하였다. 종률은 금은광을 발견하는 것보다 가족의 발견이 더 다행하고 행복한 일이라고 느꼈다.

어느 날이었다. 전날 밤 가벼운 비가 내려 땅이 축축하게 젖어있었다. 종률은 참외 씨를 갖고 나가 한쪽 담 밑에 심었다. 모종이 크면 적당한 곳에 옮겨 심을 생각이었다. 곁에서 보고 있던 사람이 물었다.

"도대체 그걸 당신이 따서 먹게 될 줄 아시오?"

"먹는 거야 누가 먹든 상관없지요."

"도둑놈들이 다 따 먹게 될 걸요."

"도둑놈도 우리 인간이니까요."

심는 것은 내가 해도 먹는 것은 누가 먹어도 좋다는 것은 종률의 오래된 생각이었다. 천하정 제자들이 동래 수곡 밭에서 단감을 몰래 따던 동네 아이들을 혼냈을 때도 그는 오히려 제자들을 타일렀다. '애국의 길에 나선 자는 심고 가꾸는 일은 내가 해도 그 열매는 누가 가져도 좋다는 아량이 있어야 한다.'는 그의 말에 제자들은 깊이 고개를 숙였던 것이다.

종률은 자신의 말대로 익어가는 참외를 남겨두고 마포교도소에서 안양교도소로 다시 이감되었다.

수감자들은 일주일에 한 번 아침을 먹고 강당으로 갔다. 교도소장의 생활지도와 목사의 설교를 들어야 했다. 하루는 귀휴를 갔다 온 두 사람의 이야기를 들었다. 귀휴는 10년 이상 감옥에서 살게 된 사람들이 며칠간 집에 다녀올 수 있는 특별 휴가를 말한다. 두 사람 이야기는 몹시 비통했다. 한 사람은 자신을 기다리다가 그만 돌아가신 자기 어머니 이야기를 했다. 또 한 사람은 사랑하는 자기 아내가 죽었는데 어린 자식들이 자기에게 매달려 울던 일을 목멘 소리로 들려주었다.

그 말을 들은 종률은 새삼스레 자신의 가정을 깊이 생각해보았다. 종률은 어릴 때 아버지의 교육과 태도를 갑갑해 했고, 어른이 되어서는 집안을 돌아보지 않았다. 결혼을 하고는 아내와 아이들을 존중하며 민주적인 가정을 꾸려왔다고 자부해왔지만 생각은 늘 나라와 민족에 가 있었다. 그는 언제나 집안보다는 바깥일에 더 충실한 사람이었다.

두 사람의 이야기를 듣는 동안 종률은 자기도 모르게 눈물이 났다. 자신이 없는 동안 고통스러운 생활을 겪고 있을 아내와 아이들이 사무치게 그리웠다. 돌아가신 아버지에 대한 그리움도 끝없이 샘솟았다. 종률은 소중한 가족에게 자신의 마음을 다정하게 표현하지 못했던 지난날을 깊이 반성하였다.

'일기를 써야겠다. 주변에서 일어나는 일들도 적고, 아내와 아이들을 생각한 것도 적어두었다가 보여주어야겠다. 무능할지는 몰라도 무심하지는 않다는 것을 보여주어야겠다.'

종률은 그날부터 하루하루 자신의 생활을 기록하였다.

종률이 한창 재판을 받고 있을 때 대학교에 합격한 둘째딸 우인은 틈틈이 면회를 왔다. 민숙례가 보낸 미숫가루와 장아찌 같은 것을 가지고 오기도 했고, 약과 원고지를 사서 넣어주기도 했다. 한번은 친구들과 함께 와서 커피를 넣어주기도 하였다.

우인이 다니던 서울대학교 음악대학에서는 세계인권옹호주간을 맞아 '재소자 위안 음악회'를 준비하였다. 3학년이던 우인도 참여하였다. 학생들이 준비한 독창, 첼로 독주, 거문고와 대금 연주와 같은 음악은 2천 5백 명이나 되는 재소자들에게 큰 감동을 주었다. 감옥에서 틀어주는 유행가에 찌들었던 그들은 맑고 평화로운 음악의 세계에

푸욱 빠져들었다. 차례가 다 끝나고 사회를 맡았던 우인이 폐회 인사를 하였다.

"저희의 음악이 여러분에게 위안이 되었기를 바랍니다. 봄이 오면 다시 찾아뵙겠습니다."

"사회자! 노래 하나 부르시오."

음악회가 끝나는 게 아쉬웠던 재소자들이 여기저기서 소리를 질러댔다.

"지금 저의 아버지가 여러분과 함께 이곳에 계십니다. 아버지와 함께 노래를 불러도 좋겠습니까?"

우인의 말에 박수 소리가 강당을 울렸다. 종률은 재소자들의 시선을 받으며 무대에 올랐다. 무대 위에서 아버지와 딸이 손을 잡고 노래를 하는데 둘 다 목이 메어 노래가 나오지 않았다. 보는 이들도 가슴이 먹먹해져 함께 눈물을 흘렸다.

종률은 가족에게 돌아가고픈 마음이 간절했다.

종률은 서울교도소와 마포교도소에 있을 때도 건강이 좋지 않아 병사(병든 죄수들이 수감 되는 곳)에 들어갔다 나왔다 했다. 마포교도소에서 안양교도소로 옮겨가는 중에는 심장마비 증상으로 혼수상태가 되었다. 안양교도소에서 종률은 아예 병사 생활만 하게 되었다.

병사에서는 수인들이 직접 밥을 지어 먹었다. 아내는

호박씨, 들깨씨, 고추씨, 하부자씨 등을 꼼꼼하게 챙겨 보냈다. 종률은 씨앗들을 심고 가꾸어 병사의 수인들과 함께 먹었다. 종률은 채소든 나무든 심고 가꾸기를 게을리하지 않았다.

종률은 인간의 땅에도 나무를 심고 싶었다. 민족과 인간을 위한 나무를 심고 싶었다. 그 나무의 뿌리가 내리고 둥치가 자라고 열매를 맺게 하고 싶었다. 종률은 나빠지는 건강을 무릅쓰고 '정치학계에 남겨두는 선교공남 난고'라는 글을 쓰기로 마음먹었다. 종률은 하루하루 힘들여 글을 써나갔다. 갇혀있는 몸이라 자료를 구하기도 힘들었지만 포기할 수 없었다.

한 번은 종률의 만년필이 고장이 나서 고치는데 이틀이나 걸렸다.

"아내는 못 보고 살아도 이렇게 견디는데 만년필 없는 이틀 동안 정말 답답해서 죽을 뻔했구나. 아내가 알면 뭐라고 할까? 허허허!"

종률이 너털웃음을 지었다. 그전에도 아내에게 '나의 만년필은 아내인 당신보다 귀중할 때가 있습니다.'하고 농담했다가 '나의 부지깽이는 남편인 그대보다 귀중합니다.'라는 거침없는 아내의 답변을 들었던 것이다.

종률이 심으려는 나무는 역시 글로 해야 하는 것이니 만년필은 중요할 수밖에 없었다. 더더구나 몸이 더 약해

지기 전에 기록을 남기려는 종률에게는 만년필이 곧 무기였다.

어느 날이었다. 수인들과 이야기 하는 중에 이승만에 대한 말이 나왔다.

"이승만 행동의 기본 목적은 돈을 버는 것이었어요. 공금을 횡령해 임시정부 대통령직에서 쫓겨나고, 하와이에 있을 때는 독립운동가를 빙자해서 암거래를 시도했어요. 미국 본토에서는 교포들의 돈을 훑어 먹고, 8·15 뒤에는 애국이니 단정이니 대통령이니 하며 돈을 벌었으니까요. 그의 애국은 돈을 버는 수단에 불과했습니다."

함께 있던 박 노인이 말했다.

"그렇지요. 그가 나라를 사랑했는지는 몰라도 민족을 사랑하지는 않았지요. 그가 사랑한 나라는 국민을 위하는 나라가 아니었어요."

"60년 3·4월 항쟁 때 젊은 청년들이 파고다 공원에 세워졌던 이승만 동상을 거꾸러뜨려 장안 대도로 끌고 다녔지 않아요? 아마 그는 그런 모욕은 불쾌하게 여기지 않았을 겁니다. 다만 재산몰수를 당하지 않은 것을 다행으로 여겼겠지요. 조국보다, 자신의 명예보다 돈을 더 귀중히 여겼던 사람이니까요. 그는 그동안 긁어모은 돈으로 하와이에서 부족함 없이 살고 있어요."

"그렇다면 이승만은 결국 성공했다고 봐야겠군요. 조국에서는 쫓겨나도 돈은 가지고 갔으니까요. 아아! 그는 빼앗긴 조국을 기회로 돈벌이를 한 장사꾼에 불과했을 뿐이었습니다."

그런 이야기를 나누고 얼마 지나지 않아 이승만이 죽었다는 뉴스가 나왔다. 어릴 때는 훌륭한 인물인 줄 믿었던 이승만은 결코 존경받을 수 없는 삶을 살다가 부끄럽게 세상을 떠났다.

그즈음 종률은 일기도 적지 못하고 누워만 지내는 날이 많았다. 때로는 너무 기력이 없어 아침에 일어나지도 못했다. 그토록 힘든 나날을 보내고 있을 때 종률에게 귀휴가 주어졌다. 3박 4일의 짧은 귀휴였다. 종률은 마중 나온 아내에게 의지해 부산으로 갔다. 그립던 아이들은 종률과 이야기를 나누려고 눈을 비벼가며 밤잠을 쫓았다. 아내와 함께 찾아뵌 칠순을 넘긴 형수는 여전히 종률만을 걱정하였다.

토끼 꼬리보다 짧은 귀휴를 마치고 돌아간 뒤 종률의 몸은 더욱 나빠졌다.

'이렇게 몸이 약해져서야 죽음의 길인들 혼자 힘으로 갈 수 있겠나?'

종률은 고개를 가로저었다. 어떻게든 힘을 내야 했다.

종률에게 가장 큰 힘이 되는 것은 아내와 아이들의 편

지였다. 이제 막 영어를 배우기 시작한 아이가 "I am proud of you as my father, because you are patriot. (나는 애국자인 아버지가 자랑스러워요.)"라고 써서 보낸 편지는 종률을 웃게 했다. 농사일과 집안일로 하루 24시간이 모자라는 아내가 짬을 내서 쓰는 편지도 더없이 큰 기쁨이었다.

1965년 12월 24일. 종률이 형집행정지로 석방된다는 보도가 라디오와 신문에 발표되었다. 병든 종률에게는 정말 다행한 일이었다.

"나가신다니 반갑겠습니다."

함께 있던 유 노인이 축하하며 말했다.

"그렇기도 하고 아니기도 합니다."

"그건 어째서요?"

"부자유스럽지만 편안한 작은 감옥에서, 자유스럽지만 불안한 큰 감옥으로 가는 것이니 말입니다. 그리고 같이 지내던 분들이 남아있는 것도 맘이 편치 않습니다."

감옥에서 보내는 마지막 밤, 잠이 올 것 같지 않았다. 하지만 여러 사람과 인사 나누는 것만으로 지쳐버린 종률은 곧장 잠속에 빠져들었다. 감옥 천장을 올려다보며 여러 감정을 느껴보리라 마음먹었던 종률은 마지막 밤을 그렇게 보낸 것이 조금 아쉬웠다. 그러나 나가는 것은 역시 기쁜 일이었다.

"어릴 때는 감옥 가는 것을 오히려 반가워했고, 중년에는 와도 그만 가도 그만이라고 생각했다. 그러나 늙어지니 차차 싫어졌다."

이것이 종률의 솔직한 심정이었다.

종률은 안양 산사라고 했던 안양교도소를 나왔다.

10. 마지막 남은 힘까지

석방된 종률은 동래 수곡에서 글쓰기에 집중하였다. 서울교도소, 마포교도소, 안양교도소에서 5년을 사는 동안 기록해놓은 글을 정리하는 데에도 많은 시간이 들었다.

종률의 관심은 정치와 역사에만 있지 않았다. 음악, 문학, 언어에도 지대한 관심을 가졌다. 음악에 대한 글은 특히 여러 편 썼고, 「일종의 시론」이라는 글도 썼다. 시인이 아닌 자신이 '시론' 하는 것은 옳지 않다고 여겨 제목을 그렇게 지은 것이었다.

무엇보다 힘들여 쓴 글은 역시 「정치학계에 남겨두는 선교공남 난고」였다. 난고는 어지러운 글이라는 말이다. 감옥 안에서 자료도 없이 쓴 글이라 형식과 내용이 정리가 덜 되어있다는 뜻인데 분량이 엄청났다.

내용 중에는 역사 속의 인물들에 대한 깊이 있는 글도 있었다. 이름난 옛 인물들 중에는 자신의 특권이나 자기 정파, 자기 지역의 이익을 민족의 운명보다 더 중요하게 생각했던 사람들도 많았다. 종률은 진정으로 민족을 위해 살았던 사람에 대해서도 자세히 적었고, 자신들의 이익을 목적으로 살았던 사람들에 대해서도 자세히 기록하였다.

종률은 그들의 삶을 짚어보면서 누구를 존경하고 누구를 배워야 할지 생각해보기를 바랐다. 또 현재의 정치가 어떤 방향으로 가야 하는지 과학적으로 생각하기를 바랐다.

"역사의 발전은 나라보다 민족을 향해야 해. 더 나아가서는 인간을 향해야 해. 그래야 사람들이 평화롭고 화목하게 살 수 있어."

종률은 우리 민족이 평화롭게 살기 위해서 통일민주조국을 건설해야 한다고 믿었다. 인간이 인간답게 살아가기 위해 새로운 세계사 체제를 만들어나가야 한다고 믿었다. 그를 위한 일이 민족혁명, 인간혁명이라고 생각하였다.

힘들게 쓴 글이지만 책으로 내기는 쉽지 않았다. 동창들과 동료들, 제자들이 힘을 써서 어렵게 1권을 발간하였다. 1권을 판 돈으로 2권을 만들려고 했지만 1권은 잘 팔리지 않았다. 소설처럼 재미있게 읽히는 책도 아니었고, 인쇄 부수가 적어 책값은 비쌌기 때문이었다. 종률은 어떻게든 2권을 내고 싶었다.

종률은 김정한을 만났다. 둘은 스스럼없이 욕을 주고받을 만큼 가까운 사이로 서로를 욕 친구라고 불렀다. 평소에 두 사람은 자신의 글은 걸작이라고 높여 말하고, 상대의 글은 졸작이라고 낮춰 말했다.

"여보게. 내 책 1권을 읽은 평을 써주게. 2권 머리에 자네 글을 실을까 하네."

"무슨 말인가? 정치학 글인데 정치학 하는 사람 평을 실어야지."

"타산지석이라는 말이 있지 않나. 다른 영역 사람들은 어떻게 생각하는지 보고 반성과 전진의 교재로 삼으려고 하네."

김정한은 승낙은커녕 오히려 책을 못 내게 했다.

"자네 2권 내지 말게. 팔리지 않을 게 뻔하지 않나. 책을 내고 싶어 안달하는 출판청년도 아니고…."

"내가 어딜 봐서 청년이겠나. 출판노인이라면 몰라도."

"자네가 빚 때문에 어렵다면서…. 책 낼 돈으로 빚이나 갚고 좀 편하게 살아."

종률은 김정한의 그 말이 몹시 섭섭하였다.

"자네는 문학인으로 민족과 인간문학의 방향을 정립했으니 오늘 죽어도 괜찮겠지. 하지만 정치학의 방향은 아직 정립되지 못했네. 나는 사학(史學) 정치학계에 도움이 되고 싶네. 도움도 못 되면서 편히 사는 것보다 책을 내고 일찍 죽는 것이 낫겠네."

종률이 평소와 달리 비장하게 말했다. 김정한은 그의 진심을 알아채고는 감상문이라도 적겠다고 하였다.

종률은 그렇게 『정치학계에 남겨두는 선교공남 난고』를 두 권의 책으로 냈다. 종률이 정치학계에 남기는 유언과도 같은 책이었다.

종률은 가난을 해결하기가 무척 힘들었다. 생활은 어렵고 빚은 늘어났다. 대학에서 강의를 하거나 신문에 글을 쓰고 싶었지만 강의를 맡기는 대학도, 글을 부탁하는 신문사도 없었다. 이승만에 이어 들어선 박정희 독재 정권의 시퍼런 서슬에 대학도 신문사도 몸을 사렸다. 종률은 묵묵히 글을 쓰면서 농사를 지었다. 살아가는 일은 참으로 막막했다.

1968년이었다.

"이종률 선생님. 이번에 제가 개운중학교와 웅상학원을 사들였습니다."

종률을 잘 따르던 청년 채현국이 종률에게 말했다.

"교육 일을 해보려는가?"

"제가 하려고 산 게 아닙니다. 선생님이 맡아주십시오."

"뭐라고? 자네 아버지와 의논한 일인가?"

"아버지한테 말씀드렸더니 제 뜻대로 하라고 하셨습니다."

채현국은 남몰래 민주화운동을 하는 사람들을 지원하고 있었다. 군부독재 정권에 저항하여 민주화운동을 하는 사람들은 대부분 경제적인 어려움을 겪고 있었다. 채현국은 돈을 열심히 벌었고 많이 벌었다. 그리고 그 돈으로 많은 사람을 도왔다. 채현국은 종률에게 직접 배운 제자는 아니었다. 그러나 아버지 채기엽과 친분이 있어 가끔 집에 들렀던 종률을 존경하고 신뢰하였다. 채현국은 학교운영을 완전히 종률에게 맡겼다.

"자네가 나에게 수족을 달아주었네. 정말 고맙네."

종률은 개운중학교 교장을 맡고 아내 민숙례는 교사가 되었다.

종률은 오랫동안 교육활동을 했고, 교육운동의 중요성도 누구보다 잘 알고 있었다. 이미 1960년 3·4월 민주항쟁 기간에 교원노동조합의 합법화 투쟁을 열렬히 지원하기도 하였다.

개운중학교는 작지만 한없이 소중한 곳이었다. 민족혁명의 실천을 펼칠 희망의 공간이었다. 종률은 민족교육에 아낌없이 열정을 퍼부었다. 종률은 제자들을 교사로 오게 하고 지인들의 후원도 끌어내면서 온 힘을 다해 새로운 터전을 일구어 나갔다.

공부하는 사람이면서 가르치는 일에서 행복을 느끼는 사람인 종률은 개운중학교에서 민족교육의 뜻을 오래 펼치리라 생각했다.

그러던 종률이 그만 뇌졸중으로 쓰러지고 말았다. 백산 안희제 선생의 생가와 유적, 이수병의 집을 찾아보고 돌아오던 길이었다.

안희제는 조국 광복을 위해 헌신하던 독립운동가였다.

종률은 부산대학교 정치과 입학 면접 때, 의령에서 온 학생에게는 꼭 안희제 선생을 아는지 물어보고 모르면 불합격시킬 정도였다. 자기 고장의 항일투사도 모르면서 정치학과에 들어올 수는 없다는 게 종률의 생각이었다.

이수병은 암장과 민민청 활동을 하며 조국 통일을 꿈꾸던 젊은 청년이었다. 이수병은 박정희 정권에 의해 구속되어 7년의 중형을 살고 석방됐는데, 인혁당 사건으로 다시 구속되어 있었다.

종률은 반신불수의 몸이 되어버렸다. 몸 오른쪽이 마비되어 혼자 힘으로는 아무것도 할 수 없게 된 것이었다. 종률은 개운중학교를 그만둘 수밖에 없었다. 1974년의 일이었다.

종률은 하루하루 병과 싸웠다. 하지만 몸은 회복되지 않았다. 병약한 몸으로 수년간 감옥 생활을 했고, 또다시 민족교육을 하느라 열정을 쏟아부었으니 회복이 쉬울 리 없었다. 가난으로 고생시킨 아내를 병간호로 또다시 고단하게 만든 종률의 심경은 참담했다.

하지만 종률은 병마에 지지 않았다. 자신에게 닥친 재앙을 묵묵히 현실로 받아들였다. 더는 왕성한 활동을 할 수 없었지만 민족이 나아갈 바에 대한 고민은 놓지 않았다. 종률은 병석에서 할 수 있는 일을 찾았다.

종률은 자신의 일생을 관통했던 한국 근현대사의 생생

한 현장을 증언으로 남겨야겠다고 생각했다.

　종률 혼자서는 글도 쓸 수 없었다. 종률의 말을 원고지에 받아 써줄 누군가가 필요했다. 언제나 종률과 뜻을 함께 하면서 온갖 궂은일을 맡아오던 아내가 틈틈이 도와주었다. 하지만 아내가 그 일에만 매달릴 수는 없었다. 종률은 일을 맡아줄 대학생을 찾아 계속 글을 썼다. 감옥에서부터 쓰기 시작한 글은 200자 원고지로 4만 장에 이르렀다. 종률의 절박함이 빚어낸 분량이었다.

　동래 수곡 종률의 집은 수일원이라는 이름이 있었다. 마당 가운데 끊임없이 참새들이 날아드는 커다란 포구나무가 있어서였다. 그 포구나무 아래로 청년 학생들이 하나둘 모여들었다. 작업을 맡은 학생이 친구들을 데리고 종률을 찾아오기 시작한 것이었다. 그들은 종률에게서 우리 민족이 처해있는 현실과 자신들이 나아갈 길을 듣기를 바랐다. 종률은 불편한 몸과 어눌한 말투로 자신의 경험과 철학을 아낌없이 꺼내놓았다. 형형한 눈빛과 예리한 통찰력으로 민족혁명에 대해 열변을 토하였다. 대학교에서는 들을 수 없는 근현대 정치와 역사 강의를 듣는 청년들은 가슴은 벅차올랐다. 청년들은 종률의 이야기를 들으며 자신의 역할을 고민했고 실천을 모색하였다.

　동래 수곡 수일원은 또다시 부산지역 민주민족운동의

작은 구심이 되고 있었다. 천하정 제자들은 이미 사회 곳곳에서 민주화를 위해 큰 역할을 맡고 있었다. 그 뒤를 이을 수일원 제자들이 새로 길러지고 있었다.

그러는 사이, 쿠데타를 일으키고 유신 독재를 하려 했던 박정희는 부마 민주항쟁이라는 거센 저항을 받았다. 그리고 부하의 총탄에 맞아 숨졌다.

종률은 16년 동안 투병생활을 하면서도 후학들과 꾸준한 만남을 이어나갔다. 아내와 자녀들의 극진한 보살핌 덕분이었다. 종률은 아내를 여러 애칭으로 불렀다. 특히 푸른 갈대라는 뜻으로 '청노'라 부르길 좋아했는데, 아내 민숙례는 그야말로 지치지 않는 푸른 갈대였다.

하지만 이런 생활도 언제까지나 계속될 수는 없었다. 종률은 점점 쇠약해졌다. 자녀들도 감탄할 정도로 극진했던 아내의 보살핌도 나빠지는 몸을 돌이키지는 못했다.

1989년 3월 13일, 종률은 끝내 눈을 감았다. 수일원의 포구나무가 막 새잎을 피워내려던 무렵이었다.

식민지배부터 분단과 전쟁, 독재의 부정과 폭압, 온갖 굴곡을 다 겪고도 죽음에 이르는 순간까지 민족혁명과 자주통일의 길에서 한시도 벗어나지 않았던 종률이었다. 독재 정권에 굴복하지 않고 공산주의도 비판했던 종률이었다. 통일이 되면 남과 북에서 다 환영받지 못할 거라 하면서도 옳다고 생각하는 길을 지켰던 종률이었다. 삶을 보

상받을 기회인 독립운동가 서훈도 신청하지 않은 종률이었다. 종률은 진정한 '민족사인(民族史人)'이었다.

종률은 사랑하는 가족, 제자들, 후학들, 활동가들의 배웅을 받으며 다시 올 수 없는 길을 떠났다. 그러나 그가 남긴 민족건양, 외세영어, 조국통일의 염원은 사라지지 않았다. 천하정 제자들과 수일원 후학들과 부산지역 민주통일 활동가들의 실천으로 끝없이 되살아나고 있었다.

작가의 말

머릿속에 종종 삼각형이 그려집니다.

문득 한 점에서 두 개의 선이 서로 다른 길로 뻗어 나가기 시작합니다. 그 두 선은 때로는 끝없이 뻗어 나가고, 때로는 금방 멈춥니다. 두 선이 멈춘 지점을 연결하면 삼각형 하나가 만들어집니다. 두 선이 만든 각이 크면 클수록 연결하는 선의 길이는 길어집니다. 두 선이 만든 각이 작으면 두 선을 연결하는 선은 길지 않아도 됩니다. 하지만 두 선의 길이가 너무 길면 연결하는 선도 어쩔 수 없이 길어집니다.

모든 관계는 삼각형 그리기와 비슷한 것 같습니다.

한 점에서 뻗어져 나간 두 개의 선처럼 남북은 다른 방향으로 뻗어져 나갔습니다. 분단 초기의 틈은 작지 않았고 갈라져 살아온 세월은 길었습니다. 그런 만큼 통일과 평화로 가는 길도 여간 어렵지가 않습니다. 남과 북이 전쟁으로 치달을 것 같은 위기감이 한껏 고조되다가 지금은 약간 누그러졌습니다. 그러나 앞으로 어떻게 될지는 쉽게 예측하기가 어려운 상황입니다. 벌어진 두 선이 방향을 바꾸고 서로를 향해 나아갈 전환점은 어디쯤에 존재할까요? 그런 전환점을 어떻게 만들어가야 할까요?

이종률 선생님은 평생 조국의 통일과 민족의 평화를 위한 실천을 했고, 학문과 사상을 정립했습니다. '외세영어, 건양사로, 조국통일'을 내용으로 하는 선생님의 사상과 학문은 지금이야말로 주목받아야 할 때가 아닌가 싶습니다. 현재 우리 민족이 부닥친 난관을 헤쳐나가는 전환점이 되어줄 수 있을 테니까요.

　　선생님의 삶과 사상을 흥미진진하게 풀어내지 못한 것이 아쉽습니다. 상상력을 발휘해 이야기를 재미있게 풀어내기에는 여러모로 벅찼습니다. 선생님 본인이 남긴 저작물이 워낙 방대해 그 일부를 담아내기에도 급급했으니까요. 부족하지만 선생님이 어떤 분인지 짐작하는데 조금이나마 도움이 되었으면 좋겠습니다.

　　도움 말씀 주신 배다지 선생님, 김홍주 선생님께 감사드립니다. 김선미 선생님의 강의도 큰 도움 되었습니다.

　　선생님이 머물렀던 수일원, 포구나무에 날아들던 참새들과 그 아래서 놀던 아이들의 모습이 생생합니다.

2019년 3월
김 정 애

깊이 보는 역사
이종률 이야기

이종률 연보

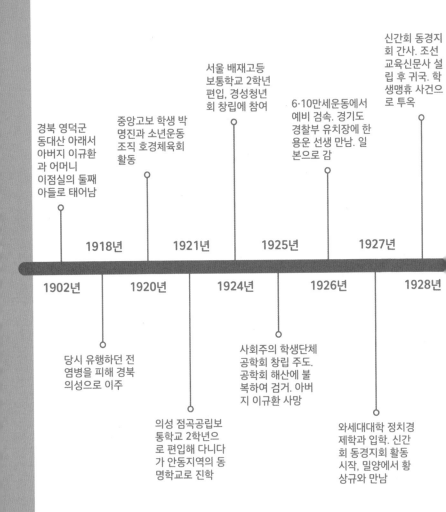

신간회 동경지회 간사. 조선교육신문사 설립 후 귀국. 학생맹휴 사건으로 투옥

서울 배재고등보통학교 2학년 편입, 경성청년회 창립에 참여

6·10만세운동에서 예비 검속. 경기도 경찰부 유치장에 한용운 선생 만남. 일본으로 감

중앙고보 학생 박명진과 소년운동 조직 호경체육회 활동

경북 영덕군 동대산 아래서 아버지 이규환과 어머니 이점실의 둘째 아들로 태어남

1918년

1921년

1925년

1927년

1902년

1920년

1924년

1926년

1928년

당시 유행하던 전염병을 피해 경북 의성으로 이주

사회주의 학생단체 공학회 창립 주도. 공학회 해산에 불복하여 검거. 아버지 이규환 사망

의성 점곡공립보통학교 2학년으로 편입해 다니다가 안동지역의 동명학교로 진학

와세대대학 정치경제학과 입학. 신간회 동경지회 활동 시작, 밀양에서 황상규와 만남

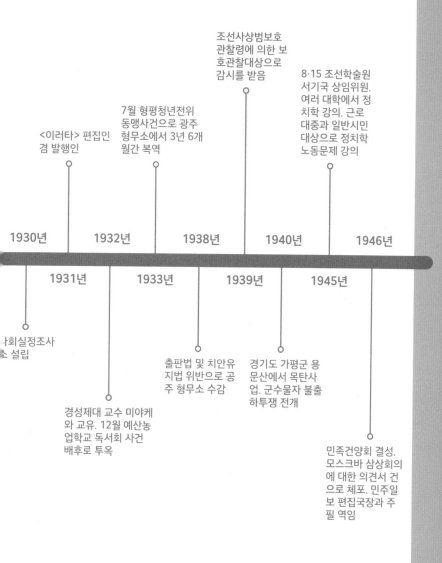

조선사상범보호
관찰령에 의한 보
호관찰대상으로
감시를 받음

8·15 조선학술원
서기국 상임위원.
여러 대학에서 정
치학 강의. 근로
대중과 일반시민
대상으로 정치학
노동문제 강의

<이러타> 편집인
겸 발행인

7월 형평청년전위
동맹사건으로 광주
형무소에서 3년 6개
월간 복역

1930년   **1932년**   **1938년**   **1940년**   **1946년**

1931년   **1933년**   **1939년**   **1945년**

회실정조사
소 설립

출판법 및 치안유
지법 위반으로 공
주 형무소 수감

경기도 가평군 용
문산에서 목탄사
업. 군수물자 불출
하투쟁 전개

경성제대 교수 미야케
와 교유. 12월 예산농
업학교 독서회 사건
배후로 투옥

민족건양회 결성.
모스크바 삼상회의
에 대한 의견서 건
으로 체포. 민주일
보 편집국장과 주
필 역임

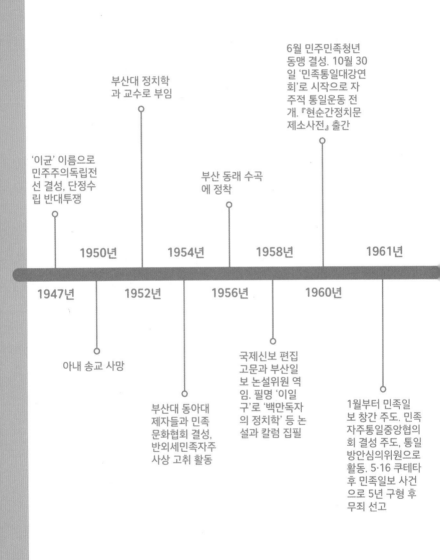

6월 민주민족청년
동맹 결성. 10월 30
일 '민족통일대강연
회'로 시작으로 자
주적 통일운동 전
개. 『현순간정치문
제소사전』 출간

부산대 정치학
과 교수로 부임

'이균' 이름으로
민주주의독립전
선 결성, 단정수
립 반대투쟁

부산 동래 수곡
에 정착

1950년   1954년   1958년   1961년

1947년   1952년   1956년   1960년

아내 송교 사망

국제신보 편집
고문과 부산일
보 논설위원 역
임. 필명 '이일
구'로 '백만독자
의 정치학' 등 논
설과 칼럼 집필

부산대 동아대
제자들과 민족
문화협회 결성,
반외세민족자주
사상 고취 활동

1월부터 민족일
보 창간 주도. 민족
자주통일중앙협의
회 결성 주도, 통일
방안심의위원으로
활동. 5·16 쿠테타
후 민족일보 사건
으로 5년 구형 후
무죄 선고

134

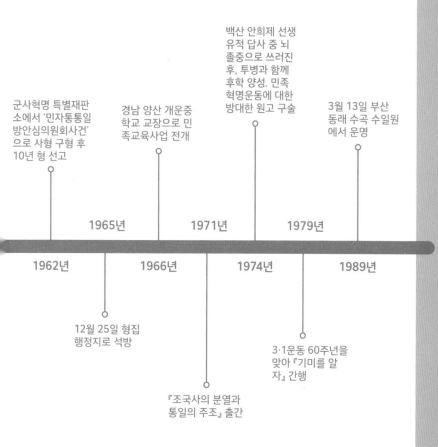

군사혁명 특별재판소에서 '민자통통일방안심의원회사건'으로 사형 구형 후 10년 형 선고

경남 양산 개운중학교 교장으로 민족교육사업 전개

백산 안희제 선생 유적 답사 중 뇌졸중으로 쓰러진 후, 투병과 함께 후학 양성. 민족혁명운동에 대한 방대한 원고 구술

3월 13일 부산 동래 수곡 수일원에서 운명

1965년

1971년

1979년

1962년

1966년

1974년

1989년

12월 25일 형집행정지로 석방

3·1운동 60주년을 맞아 『기미를 알자』 간행

『조국사의 분열과 통일의 주조』 출간

사진 속 역사
들여다볼까??

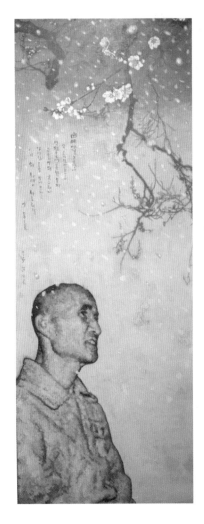

<이종률> 김은곤.
145×55.6㎝ 캔버스에
유채 2007

©김은곤

이승만 정권의 3·15 부정선거로 비롯된 4·19혁명.
3월부터 4월에 걸쳐 일어난 대규모 항쟁으로 이종률은 '3·4월
민족항쟁'이라 하였다. ©(사)부산민주항쟁기념사업회

시위대의 공격을 받는 부산진경찰서

©(사)부산민주항쟁기념사업회

시위대에 의해 불태워진 부산진경찰서 앞의 차량

©(사)부산민주항쟁기념사업회

부산 지역 대학 교수단 시위 ©(사)부산민주항쟁기념사업회

부산 지역 대학 교수단 시위대를 막아선 계엄군 ©(사)부산민주항쟁기념사업회

▲ 이종률이 쓴 청년 조직 발기 취지문(민주민족청년동맹 관련). 자택인 동래 수곡의 수일원에서 썼다고 알려짐.

◀ 민자통중앙협의회 결성식(서울 천도교 대강당 61.02.25)

©(사)부산민주항쟁기념사업회

이종률 재판 사진

©(사)부산민주항쟁기념사업회

후학들이 찾아와 이종률의 이야기에 귀를 기울이고 있다.(1978)

©김종세

이종률 2주기 추모 기사.
2015년 <산수 이종률 선생 기념사업회>가 창립되어 이종률의 사상을 알리고 있다. ©(사)부산민주항쟁기념사업회

| 참고한 책과 자료

- 『山水李鍾律 著作資料集 第1輯』산수 이종률선생 기념사업회 엮음, 도서출판
  들샘, 2001
- 『山水李鍾律 著作資料集 第2輯』산수 이종률선생 기념사업회 엮음, 도서출판
  들샘, 2002
- 『산수 이종률 민족혁명론의 역사적 재조명』(사)부산민주항쟁기념사업회 부설
  민주주의 사회연구소, 선인, 2006
- 『이종률의 민족운동과 정치사상』김선미, 부산대학교 박사학위 논문, 2008
- 『산수 이종률 민족혁명을 향한 도정』김선미, (사)부산민주항쟁기념사업회 부설
  민주주의 사회연구소, 도서출판 대성, 2009
- 『에스페란티스토 민족사인 산수 이종률』허성·장정렬 편저, 사단법인 한국에스
  페란토협회, (주)앤컴커뮤니케이션, 2011
- 『풍운아 채현국』김주완 기록, 도서출판 피플파워, 2015
- 『밀양문학』31, 밀양문학회, 도서출판 두엄, 2018

| 사진자료 제공

- (사)부산민주항쟁기념사업회
- 김종세

민족혁명 이론과 실천
이 종 률 ⓒ 2019, 김정애

기 획	(사)부산민주항쟁기념사업회
지은이	김정애
초판 1쇄 발행	2019년 06월 10일
펴낸곳	호밀밭
펴낸이	장현정
편 집	박정오
디자인	최효선
마케팅	최문섭
등 록	2008년 11월 12일 (제338-2008-6호)
주 소	부산 수영구 광안해변로 294번길 24 B1F 생각하는 바다
전 화	070-7701-4675
팩 스	0505-510-4675

Published in Korea by Homilbat Publishing Co, Busan.
Registration No. 338-2008-6.
First press export edition June, 2019.

ISBN 979-11-967055-2-7 (43810)